AF482226

UN TRISTE CEPILLO DE DIENTES

UN TRISTE CEPILLO DE DIENTES

Norge Sánchez

Editorial Primigenios

ÍNDICE

SÍMBOLOS DE UN NARADOR CONVULSO

Un triste cepillo de dientes, de Norge Sánchez, es un libro, extremadamente, conmovedor, que te hace circular por diferentes momentos de su existencia, la mente se atiborra de tantos contratiempos y dolores; pululan los recuerdos de la niñez, la juventud y la madurez. En su generalidad tiene un aliento romántico, una descripción donde los paisajes y las dicotomías humanas se entrelazan, placer y dolor se unen para complementarse. Las escuelas primarias, el preuniversitario, el servicio militar, la guerra de Angola son locaciones donde se desarrollan sus intempestivos cuentos, que llegan a provocar desgarramiento, dolor, lágrimas y también orientar las hormonas.

Es Norge Sánchez, un bardo-narrador que castiga y se castiga con estas elucubraciones; pero la palabra ovaciona y se contrae, pues aparecen claramente su familia como ente propulsor, sus padres, tíos, vecinos, la loca del pueblo, militares que estuvieron al mando cuando pasó el servicio militar, las novias reales y las soñadas, el gran amor que todo lo puede y hace saltar la energía.

En este libro encontramos textos eróticos cercanos a pasar los lindes, el goce de la pareja, el fuego de la primera relación sexual, el descubrimiento de esos matices varoniles, donde vigor y juventud toman velocidades increíbles, pero demasiado humanas para no ser reales.

Cuentos como dibujos, donde pasajes campestres y momentos pueblerinos, emocionan al más avezado de los lectores, allí los personajes colmados de carencias andan la aventura de la vida, tienen magia natural y un aire acariciador de los sentidos.

El escritor Norge Sánchez, desarrolla sus cuentos en diferentes locaciones y hace reticencias a otras culturas y países: Cuba, Venezuela, Estados Unidos, Rusia, Alemania, Colombia, Panamá, Brasil, Uruguay, Guyana Inglesa, están situadas en su mente como proyectiles y desde allí sueltan el olor de la pólvora.

No se trata de buscar razones o afirmar su tendencia literaria, tampoco de buscar su posicionamiento intelectual, o su alineación cultural, se trata de valorar una obra literaria de un escritor cubano que narra con paroxismo y te lo trasmite, que tiene vivencias, las cuenta y conmueve; tampoco se intenta apoyar o disuadir uno u otro sentimiento, menos de hacer una negación a su realidad, cada hombre es dueño de su camino, cada voz escoge su destino; pero la calidad de sus cuentos no deja lugar a dudas.

La sinceridad de su palabra suele ser temible, no es el sujeto lirico que ovaciona una de las orillas, es el sujeto que critica ambas orillas, aunque el río tenga su turbulencia; no podemos decir que se representa en un óleo rojo, verde o azul. Cree en el ser humano para él es la cumbre del destino. Va contra todo poder, se siente ingobernable; sin embargo, lo gobierna el verbo, la literatura lo amarra, lo reduce a una página abierta.

Sus narraciones buscan la levedad, lo maravilloso del ser, la lluvia, el rocío como sudor hūmano, si se busca el Dios que adora, sin dudas se concluye que es el de la piel, el ser humano está en su trazo; si se busca el enemigo de su dibujo se pudiera afirmar que es el Todo: lo que daña y sepulta, lo que germina sin abono.

Andar sus textos ha sido una experiencia, se deben revisar todos los ángulos del pensamiento, es una manera de saber las inquietudes humanas. Si buscamos un hilo conductor en estos cuentos, es sin dudas ese cepillo de dientes que nombra el autor y que lo coloca en el primer cuento con una forma que parece inofensiva con un rumor erótico; pero ese cepillo de diente está personificado en todo el libro pues se convierte en el testigo permanente de todas las narraciones.

La mujer como ideal de belleza está en el libro, los amores logrados y los que nunca pudo abrazar, tejen su sentido de hombre en celo, de macho andante por los bosques. Véase este fragmento:

...Sentí que entraba en ti, como Napoleón en París o aquella tarde de Bolívar en Quito, ante el fabuloso júbilo de las multitudes. Entraba; salía, entraba y fuimos dos veleros meciéndose en la rota quietud de la marejada. Ella se mecía, yo me movía en todas direcciones con una destreza que desconocía. Sus tetas me hincaban una y otra vez en cada embate como si aquella escena, en primera toma, estuviera destinada a inaugurar la historia del cine porno...

Existe en este libro un ingrediente que el narrador no pudo evitar y es el de sentirse cubano, esa identidad va marcada en sus narraciones, preexiste un factor mental, allí van de la mano los músicos y escritores cubanos, esas llamas culturales que pululan desde el siglo XIX hasta nuestros días, él las enciende y respeta. Las instala en sus páginas como farol que perdura.

Hace alusiones al cine y a la pintura; pero llama la atención como defiende a la mujer, a esa que nunca ha sido complacida por su esposo, y que merece un salto de lunas, véase este personaje cuyo entramado cala hondo:

El caso es que llega. Se trepa sobre yo de cubito supino, con aquello entre dos aguas como Tárraga o Paco de Lucia dándole matraca a las cuerdas de una guitarra sorda. Aquello, entre dos luces de la ciudad como en la película de Chaplin. Sube, medio que la mete. Se mueve. A veces no me deja ver los subtítulos y se me escapan acciones y tomas importantes como en aquella en las que todos pierden de Kramer contra Kramer. O cuando el marido cornudo llama a casa desde la feria en Los puentes de Madison. Y, se bota...

Este libro de dolor, rabia y erotismo es un texto a tener en cuenta, usted será quien dé su veredicto, yo abro la puerta, y apuesto por entender los boscajes del alma, mientras, sigo aquí con otra permanencia.

Msc. Odalys Leyva Rosabal.

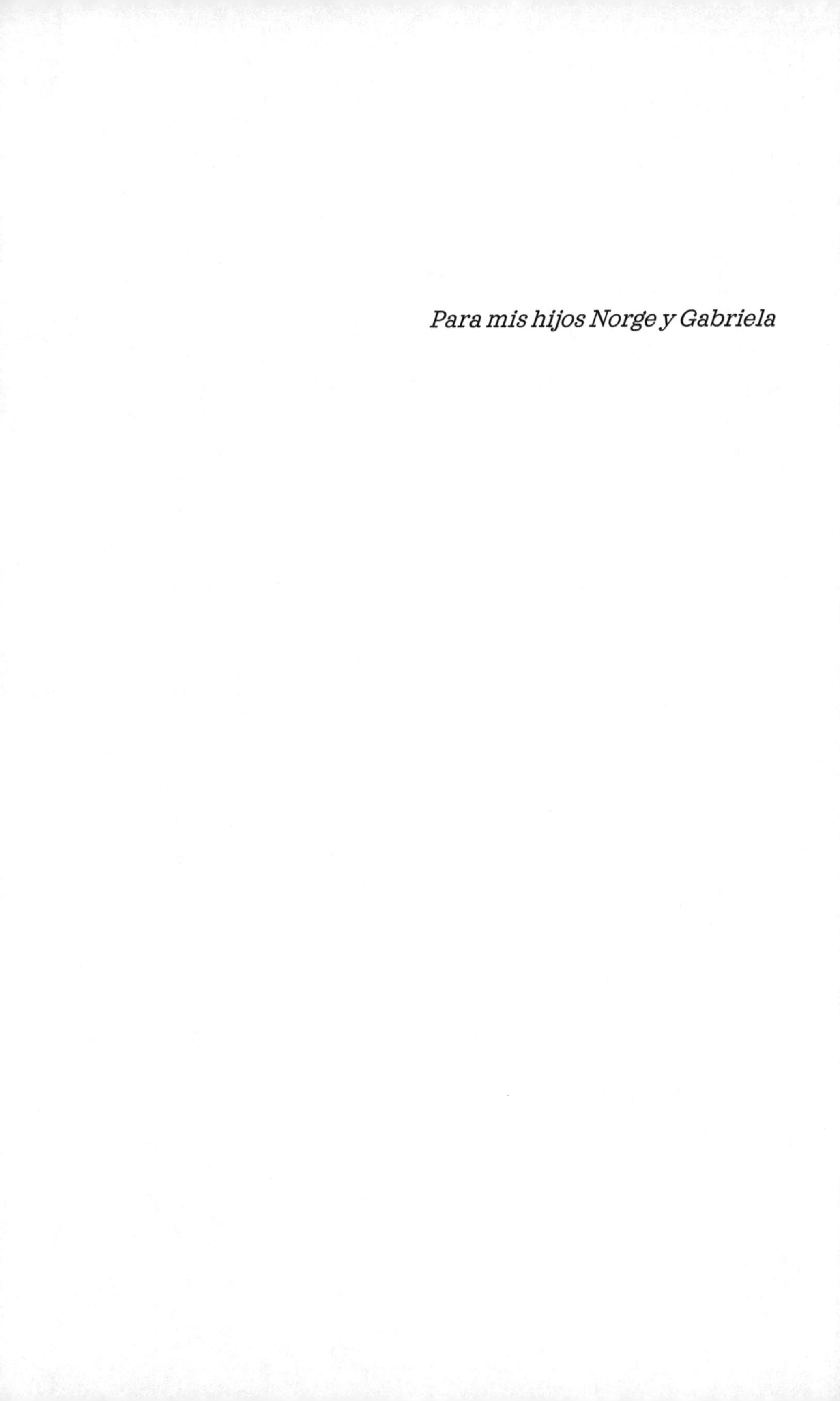

Para mis hijos Norge y Gabriela

*He aquí que mil rumores fundidos
en un solo y vasto acorde
levantan hacia la altura sus voces innumerables.*

Luis Felipe Rodríguez

UN TRISTE CEPILLO DE DIENTES

Era un triste cepillo de dientes. Vagaba por el cuarto de baño sin saber qué hacer con el resto de su vida. Sus cerdas gastadas apenas si recordaban los maravillosos días en los que, recorrerle la boca, era como un paseo a las estrellas. Sentirse observado desde el cielo de su paladar, acariciar sus dientes y mirar cómo sólo se suelen mirar los atardeceres, hacia la profundidad de su garganta, desde donde siempre le pareció divino sentir la llegada de sus gárgaras. La cilíndrica porción de su cuerpo oprimida como un falo a punto de estallar entre sus manos, era una fiesta orgiástica varias veces al día.

Sentir su mano apretándole, obligándolo a solazarse contra sus dientes y su encía era estar probando una a una, despaciosamente, todas las posiciones del Kama Sutra. Su color era el mismo; salvo la imperceptible palidez que le embargaba cuando totalmente desnuda, frente al espejo, le obligaba una y otra vez a entrar y recorrer su boca como si en algún momento fueran a estallar los arcoíris en un sinfín de besos.

La felicidad podía estar al doblar de la esquina. En cualquier recodo del camino podía percibirse la brisa que llegaba desde su pelo. Cada minuto, era una eternidad de sesenta segundos esperando su llegada. A veces todo un día de espera para verle llegar desnuda como desde una extensa pradera de impaciencias. Casi explota de placer el día en que la observó masturbarse antes de la ducha. A veces sus masturbaciones eran lentas y espaciosas con el clásico entornar de las miradas con que cautivaron las primeras vampiresas a nuestros abuelos, en el cine. Había algo como de llovizna en la que creía ver una dulzura de paloma en vuelo hacia los círculos del placer con las ciruelas. ¿Cuántas veces soñó con ser sus manos? En cuantas ocasiones anheló que el dedo fuera su propia lengua explorando los labios mayores y menores empanzados en toda su humedad chorreante. Cuánto quiso, por Dios, un diálogo sostenido con el clítoris intenso como una madrugada entre violines. Y las aguas ocupaban de nuevo su nivel cuando le veía limpia y sonriente, posar para sus ojos desorbitados, bajo el intenso aguacero desde la regadera. Otras, toda ella era la rabia; y el orgasmo llagaba como lanzando cañonazos contra las murallas de una fortaleza. Y al abrir los dedos desde toda esa falla tectónica entre los muslos, el clítoris se erguía como si fuera a levantar un vuelo hasta donde pudiera la boca llenarle la existencia con rosales. Muchas veces estuvo a punto de saltar e involucrarse en sus contorciones. Los ojos de una bala en vuelo hacia el horizonte. Así era él recorriendo su cuerpo bajo la ducha. Las lenguas del agua, al lamer cada una de sus hendiduras, le dejaban en una situación de indefensa desesperación y desde las entrañas de todas y cada una de las cerdas brotaba, como humo de incienso, toda la música de su nombre.

Otro día estaba llorando, con rabia se quitó el maquillaje que tan sonriente se había colocado en la tarde. La sintió desolada. Y consideró, desde ese momento, una inmensa necesidad de protegerle. Hacer del destino de la vida una permanente custodia para que esos ojos no volvieran a hundirse en el aguacero de las lágrimas como homenaje inmerecido a un truhan. Desde ese minuto en que le vio llorar tuvo la certeza de que su obligación de protegerle iba más allá de sus dientes y el dibujo hermoso de tu sonrisa.

Eran días felices. Días, como para llevárselos todos, uno a uno, clasificados por niveles de felicidad, en este incómodo viaje hasta el latón de la basura.

CIMARRÓN

Un negro fuerte. Hermoso en toda la magnitud de su musculatura. Un antiguo príncipe africano o un dios, uno de esos Orishas que nos acompañan en todo el sincretismo religioso de nuestro panteón Yoruba-Católico-Protestante. Sólo cambié con él unas pequeñas frases que, incluso en la brevedad, me permitieron descubrir el alma buena de una persona decente.

Trae consigo las dos muchachas más lindas del mundo. Y las más suaves. Las más cultas. Y las más simpáticas. Hermosas de cara, de cuerpo y de alma. Cecilia Valdez y María la O. Longina y Santa Cecilia. Ellas dos tienen en su sangre el hervidero de lo cubano. No me mires así, tan lindo. Le digo. Y sus dientes blancos iluminan el albergue con una inquietante risa de cascada, como esos arroyos frescos que se deslizan desde la Sierra Maestra o por el Escambray. Hablamos. Me cuentan cosas pequeñas de la vida y su conversación, como la seda, brilla y acaricia.

No las vi cuando partieron. Nadie quiere verlas ir. No quise mirarlas para que se quedaran, caminando elegantemente en estas páginas. Allá se fue el padre, fuerte y sudoroso como un estibador del puerto, con sus dos bellas hijas. Escapados del barracón que retiene millones de cubanos. El padre y sus hijas, cimarrones por naturaleza, por su raza y por su historia. Se lanzan a la selva en busca del mundo libre. O de lo que se presente. Todo menos el regreso a la esclavitud y la muerte. Todo, menos el regreso, al dolor de la carne y el alma.

LA PRIMA

Se bajó el blúmer. Sus muslos comenzaron a mostrar toda la extensión de su blancura. Desde algún lugar me llego el único olor que me llevó a volar sobre las nubes de la gloria. Olía a ella desde las rosadas hendiduras que mis dedos buscaron impacientes. La tocaba, recorría con las manos como aplanando una superficie para que pudiera dibujarla con los labios y la lengua. Algo cantaba desde todas partes, sus breves pezones defendían su integridad hincándome con el doloroso placer de algún veneno extraño. Desnuda tenía todo el temblor de las palomas alumbrando la tarde. Me la saqué. Parecía explotar. Quería romper su propia piel en la expansión. Nunca la vi tan grande. Se hicieron visibles todas las figuras; sus venas, la cabeza erguida, buscando entre tus piernas algún tesoro anhelado por años, una humedad desde donde los olores una y otra vez palpitaban las ansias, una carnosa fruta bomba sin semillas y con un puntico rojo en su extremo donde comienzan las nalgas. Le gusto verla; dura, enhiesta, mostrando todas sus intenciones. Puesta allí entre sus piernas se quejaba y le dolía, pero me abrazaba y me atraía hacia su aliento de brisa cuando se va acercando el aguacero. También me gusto verla desnuda una y otra vez la miré en el asombro, como si tuviera que dibujarla en cada detalle. Su piel y todas las aberturas eran como sus labios, se hacían rosadas. Sabroso el olor de su boca, deliciosa su lengua y rico el olor de su bollo, aquella mi primera vez, en que me aferraba en tenerla para mí, y le dolía, porque con el apuro para que no nos sorprendieran, apenas si habíamos tenido tiempo para una mínima preparación y también, lo supimos después, era nuestra primera vez. Entraba. Sentí que entraba en ti, como Napoleón en París o aquella tarde de Bolívar en Quito, ante el fabuloso júbilo de las multitudes. Entraba; salía, entraba y fuimos dos veleros meciéndose en la rota quietud de la marejada. Ella se mecía, yo me movía en todas direcciones con una destreza que desconocía. Sus tetas me hincaban una y otra vez en cada embate como si aquella escena, en primera toma, estuviera destinada a inaugurar la historia del cine porno. En algún momento el mundo apagó todas sus luces y desde mi interior brotaron simultáneos unos líquidos desconocidos y una o dos palabras ahogadas por tus manos para impedir que a gritos anunciara al universo nuestra primera vez cayendo en los abismos de la pasión.

UN GUERRERO

No salía de mi asombro. Venía hacia mí sobre la acera y estuve a punto de quedar petrificado. Su cara de rojizo europeo y el cabello rojo sobre los hombros no dejaban dudas. Toda su vestimenta era la tantas veces vista en las producciones cinematográficas. Por su uniforme no quedaban dudas de que era uno de aquellos soldados junto a Astérix el Galo, que con una poción que los hacía fortísimos habían defendido el honor de la incipiente nación francesa, frente al todo poderoso César romano.

Por un momento pensé que no habría nada que temer. Pero recordé que esa era la visión que nos da el cine en su papel de opio de los pueblos. Pero ¿Y si en realidad resulta agresivo? Miré hacia todas partes y no vi un trozo de madera o de roca con el cual defenderme. Toqué mi bolsillo en busca de la navaja tantas veces acariciada por los dedos en casos de inminente peligro y no estaba. Me sentí indefenso. Débil. Pero dispuesto a vender bien cara mi perra vida. Mi única vida donde recordar a la que viaja por Europa. En total disposición de darlo todo en un tú por tú con aquel grandulón a pesar de la poderosa fuerza que debió darle tragar ración doble de la poción mágica que les prepara el Druida.

Aunque estaba sin armas, toda su vestimenta era inequívoca. Su actitud, desafiante. Y su paso firme hacia adelante. Inmediatamente pensé en los portales, las puertas astrales, gusanos, hueco negro o como se les quiera llamar. ¿Y si hace varios siglos este hombre iba por una calle de su aldea, se abrió un portal astral y lo trajo hasta esta dimensión, belicoso, en esta calle frente a mí? ¿Y si anda en pos de algún combate sanguinario? Mil ideas pasaron por mi mente mientras el peligroso sujeto se acercaba.

Aquella visión era sorprendente. Comencé a preocuparme con cada paso mientras se aproximaba. ¿Y si comienza un abre y cierra de portales en el tiempo y el espacio, y se mezcla todo? Recordé que en dos mil dieciséis envié para Miami un paquete con la primera edición de varios de mis libros para la poeta Nuvia Inés Estévez, y nunca llegó. Ahora asocio. ¿Y si en lugar de llegar al Miami de 2016, llegó a las montañas de Catskill, al agosto de 1890, donde había ido José Martí, a recuperar su salud y escribir, mientras preparaba la guerra necesaria que aún no comienza en el 2019 cubano, y nuestro Apóstol los leyó? ¿Y si fueron mis epigramas los que inspiraron sus Versos sencillos y no a la inversa como sostiene el importante crítico Carlos Esquivel? ¿Y si Melville y Moby-Dick, continúan su combate en la piscina del barrio, o se nos aparece Gene Kelly, danzando bajo la lluvia con sus zapatos de charol y todo el equipo, filmando aquella película que tanto le gustó a mi madre? Por Dios, tendría que hacer algo urgente. Este no era el caso del Cronopio que no encontró la llave en su bolsillo. El tipo estaba casi frente a mí; desafiante.

Cuando estaba a unos pocos pasos junto a mí intenté comunicarme con el universal lenguaje de las señas. ¿Quién eres? ¿Qué quieres? ¿De dónde vienes? Todas las preguntas mezcladas en mis equivoca gestualidad le dejaron perplejo. Era imposible comunicarnos. Estaba desconcertado con mi actitud. Por fin, como un instinto; despacio, para que pudiera leer en mis labios y pronunciando mesuradamente para no dejar ver mi impresión temerosa, le pregunté: — ¿Y tú, de dónde saliste?

—Mucho gusto, me dijo en perfecto español, soy José Alberto Velázquez, nuevo en el barrio. Ahora voy a una fiesta de disfraces. Luego conversamos.

LA GUITARRA

Y ese fue el momento en que descubrió que estaba enamorado de la guitarra. Desde entonces no hubo sosiego para él. Las cuerdas, como filos de dientes blancos y parejos como una línea mágica luminosa cada una devoraba los espacios y devolvía las palabras juntas como los trinos que descenderán durante la primavera desde las copas de los árboles, hasta el horizonte inerte de los Buganvillas y las Begonias.

Era una fiesta el mundo cuando la guitarra mostraba desde la puerta del bohío, la sinuosa brevedad de sus instintos y mostrando sus labios, se empeñaba en despeinar todo el macizo de las ilusiones. Uno podía adivinar lo tibio de sus manos. El paso pequeño; y su falda a media asta en espera de la noche o esperando que bajaran del cielo todas las nubes negras, para que en todo el entorno solo pudiera escucharse la voz de los instintos aullando en nombre de la raza, y lograr, de una vez por todas, esparcir las madréporas como solo sabía hacerlo el viento cuando desciende por la verticalidad de sus laderas.

Todo podía ocurrir en los entornos. Venir guerreros a disputar su derecho a las hazañas. Al recate de doncellas e iluminar con el brillo de los aceros todo el entorno del amor. Nada podía impedir aquel amor dulcísimo viéndose el humo escapar por las chimeneas rumbo a los trillos multicolores de las nubes acariciadas por el sol. Ella era todo el impulso de sus generaciones y hacia ella marchaba con la prisa en que los volcanes van cubriendo con fuego las llanuras. Estaba enamorado y desde entonces se está inventando pasos y caminos para llegarle a su amada desde el mismísimo centro de sus ansias.

JULIETA

*Debajo de mi vestido
ardía un campo con flores alegres
como los niños de la media noche.*

ALEJANDRA PIZARNIK

En cada uno veía su potencial Romeo. El hombre que estaría dispuesto a subir por las cuerdas el balcón y tomarla una y otra vez bajo los dulces rayos de la luna en noviembre. Llevarla al altar. Alquilar una pequeña pieza, tener hijos y ver televisión; ese mundo lleno de amor de los humildes.

Para todos tenía la sonrisa tímida. La fragancia del anterior, y el anterior, y el anterior al anterior, junto a su propia fragancia, mezcladas con el incienso que inundaba la magra habitación de sus labores. Cada uno, desesperado en su propia frustración, apenas ni le miraban, esos chorros de ternura desde los ojos. La flor en el cabello o la sonrisa brillando en la media luz de un mundo al que no pertenecía pero que, una vez en él, se le había aferrado con la mayor tenacidad a su destino.

A cada uno, los miraba marchar con su premura. Algunos sin lavarse, o despedirse, o agradecer, o tener al menos una palabra para dejarle en la memoria como pago; además de las pocas monedas, a su entrega acariciadora y des estresante. A cada uno lo veía partir como caer desde un abismo. A cada uno de sus posibles Romeos, los veía partir como en los tangos y se quedaba en la soledad de los boleros.

Después de cada despedida era el mismo algoritmo. Pasar al baño, aplicar su lavado vaginal con mucho alumbre y decirle al palanganero; que pase el próximo, por favor.

DREISYS & YACIEL

Dreisys salió primero. La Guyana inglesa no exige visado. Luego cruzar Brasil y esperarme en Uruguay. Ese fue el plan y así lo hicimos. La niña quedó en Cuba. La alcancé en Montevideo. Luego, la tarea fue bajar nuevamente sobre Brasil, cruzar Venezuela y llegar hasta aquí, Turbo, casi en la frontera de Colombia con Panamá, con la esperanza de que, ante la aglomeración, se hiciera un puente aéreo como el que organizó el gobierno de Costa Rica y más tarde el de Panamá.

Es mi primo Yaciel. La última vez lo había visto frente a la casa que perdí cuando escapé, en Jobabo, con menos de diez años de edad. Ahora habla como suelen hacerlo los hombres de la familia; como su abuelo Kino, con la firmeza del que se sabe capaz de responder por cada una de sus palabras.

Saca una cajetilla y me brinda un cigarro. Los prendemos y la pequeña llama se muestra lista y dispuesta, como para encender el mundo. No me voy a dejar matar. Ni me voy a morir. Esa mujer y yo salimos dispuestos a llegar y llegaremos. Pedí dos cervezas. El humo de los cigarrillos se fue enredando en las marañas de las palabras rumbo a las alturas.

— ¿Hasta cuándo —dijo degustando un trago— andará nuestra nación cubana buscando refugio en todos los rincones del mundo?

—Hay mucho que hacer todavía —le dije intentando parecer profesoral. Pero él no parecía escuchar razones.

—Mañana nos vamos. Dicen que por estos días se puede vulnerar la frontera panameña. Mañana nos vamos y después veremos. Tengo que proteger a esa mujer y cuidarme. No permitiré que me alcance la muerte. No dejaré que nos maten ni nos trague la selva. Mañana nos vamos.

LOS MILICIANOS

Más que un rayo, toda la luz del día era un destello en los ojos de tu abuela, cuando vio que llegaron unos milicianos, en uniforme y con armas. Por lo menos no tenían esas ametralladoras, igual a las de las películas, que no había visto todavía, ni el fusil con el que mi padre se fue movilizado, porque decían que estaban desembarcando, y teníamos unas bombas atómicas, así de grandes, para lanzarlas a los americanos y al que no le guste que tome purgante y esta noche hablaría "El Caballo" porque a los negros hay que tratarlos iguales y ya Josefa, la negra Josefa, mujer de Gutiérrez, empezaba a trabajar y era de la federación de mujeres; todo el día subida en una carreta llena de machos y a mami no la dejan, o no quiere.

Y los milicianos dijeron:

—Buenas, no está Cristino, el barbero.

—No.

—Vinimos para saber ¿por qué el muchacho no va a la escuela? Porque él, es el hombre nuevo que estamos construyendo, y tiene que ir a la escuela y...

—Porque no hay jabón, y el único pantalón que tiene está sucio.

—Pero fíjese, él es la arcilla fundamental y tiene que ir a la escuela para que no lo engañen los burgueses y...

—Yo no tengo jabón, sabe, no hay jabón para lavar la ropa.

—Pues tiene que ir para la escuela desde mañana, y si no, ¡volvemos! Y mañana me fui para la escuela con mi pantalón sucio y roto porque tampoco tenemos hilo. Tengo que sentarme y cerrar las piernas, que se salen los güevos, que tampoco hay calzoncillos, pero soy el hombre nuevo y tengo que estudiar. El pantalón está sucio y las hijas de Chea se sientan más allá y Teresita, que no la he visto hace días, se sienta muy cerca donde su pelo me roza la esperanza de su piel blanca; con sus ojos de un color que no recuerdo de tanto tiempo de no verla. Pero yo estoy con mi ropa sucia, que no hay jabón y soy el hombre nuevo y estoy aprendiendo a leer para dar mi paso al frente y Teresita no me mira y está cerca y me indica marcando en el pupitre el recorrido del Sol, porque el Sol da vueltas a la tierra o la tierra le da vueltas a la luna y la luna le da vueltas al Sol y a Teresita con sus ojos grandes e incoloros de tanto tiempo sin verle.

Mi pantalón está sucio y Teresita se va para La Habana, después a Miami y le parirá los hijos a otro, no a mí, que soy quien la quiere con mi pantalón sucio y roto, la arcilla fundamental, el hombre nuevo. Mi padre abre trincheras, y escucha mientras llueve, se cubre con una capa china que no tiene botones sino unos palitos amarrados con hilo verde y un cinturón con muchas balas y granadas para arrancarles la espoleta con los dientes y lanzarlas al enemigo invasor, como en las películas que aún no he visto. Soy la esperanza del mundo, un día tendré que ir a que me maten en el África para saldar la deuda del país con la humanidad dicen. Estoy con mi pantalón sucio porque no hay jabón y Teresita se va para el campo enemigo y yo le sigo las ganas, pero no escribirá porque sea como sea a nosotros nos traquetea y se va y no hay jabón, ni pan. Y aunque se va, dejando al hombre nuevo, yo sigo aprendiendo a leer con mi pantalón roto y sucio; mientras ella se va para Miami hasta que engorde y la cara se le llene de arrugas. Ya no tengo que esconderme en el cayo de hierba amarga con la puerca de Tata, a decirle bajito; Teresita, Teresita. Tata va preso y ya nunca más será alegre, tomador de Gualfarina, con chiflidos y voceando: — ¡A cagar que esto es del INRA¡—. No será más porque ahora va preso, por dejar la talanquera abierta, sin importarle que se junte el ganado; porque la Gualfarina lo pone así de contento, que no le importa nada, ni el ganado. Tampoco le importará al juez aquellos días en que arriesgaba el pellejo para llevarle comida a los maumaus, la gente de la sierra. Ni le importa Ramiro Ramos, con fusil para que se le mate el yerno en el baño de la casa, que no aguanta los maltratos de la UMAP, donde lo metieron porque cree en dios, ¡Dios mío! tan rica que está Felicia para que este cabrón la deje viuda. ¡Teresita, qué rico y qué calor en la hierba amarga y el pantalón sucio y roto, para la escuela, —so, bandolero— prepárate! La chiva, la chiva, muchacho, la chiva, más rica, no es arisca y no hace bulla, le escupes la boca y puja, pero no se queja y tienes que tenerla bien dura y escupírselo bien de lo estrecho que lo tiene. ¡Teresita qué rico! Y que se rompa el pantalón sucio porque no hay jabón y tengo que aprender a leer los discursos y los libros para defenderme del enemigo. Hay que leer muchos libros, es la orden, y no escribir ninguno porque a los que les da por escribir libros, tienen problemas ideológicos y el teniente los mete preso y los maltrata porque este país no necesita escritores; los libros vienen de La Unión Soviética, revisados personalmente por Stalin, que tampoco soporta los escritores pero no los mata, ellos no gastan municiones en eso para dejarlas y así ganarle a los alemanes, que igual que ellos no soportan a los escritores, y los pintores mucho menos, mira que si atrapan a Picasso, lo hacen pedazos amarrado en la plaza de Guernica. Por eso yo no quiero ir a la escuela, para no buscarme problemas, para criar los hijos míos y de Teresita, porque yo no quiero venir de turista con mucho dinero, a comprarle huevos a nadie, ni balsero, de escritor en Miami ganando premios; con viajes a España y carro nuevo, yo quiero seguir aquí en mi país sin playas, sin bosques, sin zafra, sin electricidad, sin música, ni clases de los mambises, pero yo aquí, porque ya se ha ido mucha gente, nos vamos a quedar en este archipiélago de soledad, lanzando botellas al mar con mil mensajes, ¡Dios mío! y se fue mi hermano y su mujer, sus padres, su tía y un vecino suyo, ¡Dios mío! se van, se van, ¡Que soledad!, ¡Dios mío!, ¡Que solos nos quedamos!

WENDY

Adela no quiere ser fricky. Prende un cigarro y cierra los ojos para escuchar esa canción que tanto repite en su teléfono y yo pienso en el Quijote cuando decía: "La poesía, señor hidalgo, a mi parecer, es como una doncella tierna y de poca edad, y en todo extremo hermosa...". Y cuando termina la canción ella regresa y abre los ojos, que parecen venir de un aguacero.

No, Adela no es como Alexander, hablando siempre de Holguín y de pelota. Ale, que cuando yo pensé que iba a subir ya venía de bajada con la "chivichana" sin freno, croche ni medias tintas. Ni como Kike Montana, con su filosofía de que sólo de alcohol vive el hombre; apotegma que él mismo traiciona porque, además, fuma. Ella, como Dios, es una ceramista. Y soy su barro en todas y cada una de las noches en que decide modelarme, sin perro ladrándole al rocío ni torno mecánico que le ayude, haciendo de artefacto eléctrico. Bastan su lengua, sus dedos y sus palabras para hacer de mí su mejor obra cada vez, lista para concurso.

Claro que teníamos que irnos de ese país que lo persigue todo. Qué caramba tiene que ver la policía con que yo prefiera hacer de barro o de arena cada noche, y que Adela se esmere en modelarme, como si en ese momento fueran las manos de Dios que me recorren.

LLUVIA EN LA NOCHE

Eran tiempos de lluvia. Es bueno que llueva. Cuando llueve nos ponemos a mirar la lluvia como si cada gota al caer fuera un espectáculo distinto, como distinta fue la microscópica partícula que le dio origen. Incluso cuando la lluvia cae sobre el cemento de las aceras de la terminal de pasajeros en Guáimaro.

Hablamos poco. No recuerdo una sola palabra ni el color de su voz. Pero, era linda como esos fantasmas que se nos aparecen en los caminos; narrados por los mayores de la casa. Nos bajamos del ómnibus poco antes de llegar al pueblo y nos fuimos a paso lento por el camino hacia el distante caserío. El barro hecho fango se pegaba a los zapatos y la noche era oscura y misteriosa con aullidos en la lejanía y silencios de miedo, como en las películas. Por fin, llegamos a lo que supuse un rancho cuya puerta principal abrió con una simple maniobra. Nos fuimos a una hamaca que ella encontró tanteando en la oscuridad. Me exigió silencio para no despertar a alguien tras una pared que se adivinaba demasiado cerca. Ya desnudos, nos palpábamos reconociendo la novedad de los cuerpos, como si de mucho misterio se tratara la realidad de dos adolescentes, en algún punto del universo donde llueve, y la noche se presta para hacer cosas en secreto.

En la madrugada me despertó inquisitiva.

—Tienes que irte. Dijo ahogando la frase. Sólo hasta ahí recuerdo aquella, la noche de mi primera gonorrea.

LA YEGUADA

La gallina tiene muchos huevos. Verás cómo se queda en el nido unas semanas y luego se aparece en el patio con sus pollitos. Tigre si me escucha. Me entiende. Tigre, le digo y a veces le dejo algún dibujo o un corazón con flechas, para que vea que también ando enamorado y tengo mis hembras. No como él, que Isidro o Florencio le traen la yeguada. Un montón de hembras ruinas y le escogen la más gorda y la más linda, como si fuera para una película donde el vaquero sale por el desierto a matar Pieles Rojas y destruir cuanto bisonte se encuentre en su camino. Le apartan su yegua ruina como si fuera su puta preferida, pero sin tener que pagarle. Entonces, llega Baroco y me dice que me aparte para abrir la puerta y sale Tigre, bufando y queriendo estallar sus ganas contra el mundo y rompiendo el aire de la mañana. Te llevan donde tu yegua ruina y le relinchas algo que no alcanzo a traducir, pero supongo que es algo parecido a lo que digo yo cuando estoy en ese trance y no le entra. Como yo, le hueles allí, lames, gozas esos líquidos y tus palabras como las mías quedan entrelazadas en las ramas de los álamos, cuando ella sumisa o sedienta de tu verga, o queriéndote te ofrece todo el húmedo rosa de su golosa vulva. Uno o dos intentos y se consuma la penetración. Se la metes, y el peso la afirma en el polvo de los corrales donde quedará tu huella hasta que la recuerde.

A mí me dan ganas. Me da envidia que tu hembra te lo ofrezca con la entrega voluptuosa de una puta bien pagada o la amante que se propone conquistar tu corazón. Aun cuando la sacas un hilo de abundante semen escurre justo donde su vulva es más carnosa y ella lo sabe y lo muestra y lo abre como si Dios mismo le estuviera mirando con mis ojos. Calmado, te dejas conducir a tus corrales. Tu amante, seguramente estará preñada muy pronto, les pasan a otros corrales a conversar con las muchas que se aglomeran en su chachareo de comadre feliz.

Ya no vale conversar. Sin que los peones se percaten de que me despido de mi mejor amigo, salgo a dar una vuelta por los bancos del batey, desde donde posiblemente pueda ver a las muchachitas, con sus libros y libretas, salir de la escuela con el bullicio de las despedidas y ese brillo en los ojos con que todas las muchachas se proponen colorear el día.

MAYA Y DANIEL

Ya lo tienen todo preparado. Se van mañana. El coyote hizo sus últimas, leoninas exigencias y parten, junto a otros, en cuanto caiga la noche. Maya y Daniel, se van a Hollywood. Ella, dispuesta a superar a Silvana Mengano en 'Retrato de familia', y él, a ser un mejor Luchino Visconti. Él, con mejor rostro que Yves Montand, con la soga al cuello en 'La confesión'. Ella, más bella que Ava Gardner cuando llevaron al cine la novela en la que Hemingway metió a los toros en sus páginas.

Algunas de sus cosas entrañables me dejaron, como para salvarlas, o para salvarse de la carga de recuerdos con la que se van a la Meca del séptimo arte estos dos jóvenes cubanos que caminan hacia el Norte. Pero antes tendrán que superar la selva. El esfuerzo de muchos días de camino sorteando obstáculos naturales como ríos y pantanos, follaje y calor. Y barreras humanas como las guerrillas, los bandoleros y el propio desgaste y agotamiento físico. Se van a Hollywood dispuestos a triunfar, aunque primero estén obligados a ganarle este tramo a la muerte.

SUS MANOS

—La cosa está mala —dijo y me miró profundo a los ojos.

—A Fidel —retomó sereno— sólo le tienen miedo los imperialistas y la gusanera. Pero aquí adentro nadie lo respeta.

—La cosa está mala, muy mala.

Se quedó mirándome en silencio, como si se hubiera puesto en peligro de repente, mientras yo observaba sus manos de obrero, nerviosas.

MARILÚ

Los ojos verdosos recordaban la herencia de algún antepasado germano, y la abrupta piel del cutis, mostraba unas erupciones cubiertas en lugares con algo así como unas escamas, en todo un paraje hurgado frecuentemente por las uñas. Casi quemaba sus dedos la última porción de un cigarro del que ella se propuso aprovechar hasta la plusvalía. Le dije dos o tres frases aprendidas de Gardel en las películas del ayer, antes de que las prohibieran en el canal dos a las cinco y cuarto de la tarde, después de los muñequitos. Ella no veía televisión, aquellas frases sólo le sirvieron para confirmar mi virginidad. Estaba comenzando la noche, la humedad relativa latente, hacían del calor una costra pegajosa, que junto al polvo disperso en la sequedad de meses de un verano que no daba tregua a la respiración, la llevaba a rascarse frecuentemente el cuerpo.

Por la ventana de los Rovery alguien, con unos violines desde Radio Progreso le decía a Marilú: no quiero vivir así. Ruly lloraba por alguna negativa de La China; y desde nocturno seguía la voz añorando a Marilú ¡oh! Marilú y yo a la expectativa de la palabra mágica que me llevaría al tálamo mullido, a estrenarme como macho cabreo de guerrero en la tropa de Odiseo tan anhelado él, por cuanta diosa se colocó en su camino. Una voz femenina le increpaba premura. Yo no quería que se fuera, pero no sabía qué hacer para que se quedara. Ruly, a lágrima y mocos seguiría chillando hasta que crezca y le lleven a Europa, con su piel morena a la Germania de ojos azules. La unión soviética y los países socialistas del Este europeo mostraban significativos estertores de agonía. La manera antinatural con que habían manejado los patrones culturales de sus sociedades, los tenían en un callejón sin salida. Sus jóvenes y sus pueblos en general estaban enajenados, alcohol y droga eran sus únicos alicientes. Se negaron al trabajo, al estudio, dieron la espalda a los actos sublimes de la vida, crecer, hacer familia, aportar al mundo. Se reunían en grupos de cinco o seis a consumir alcohol y podían amanecer congelados en los parques, protagonizando una muerte inútil, o su protesta fatal. En el intento de salvar todo ese mundo que se les venía encima, el gobierno cubano envió por miles, a nuestra frustrada juventud, disfrazados de estudiantes se fueron a ser la mano de obra imprescindible para sostener aquella sociedad fallida. Unos regresaron tras el fracaso de su gestión, muchos se quedaron en Europa e inundaron el mundo con nuestra savia.

Los muslos eran firmes, las nalgas redondas; el cigarro ya no daba para más, sus ojos se apagaron y el mundo siguió andando. —Déjame pensarlo, después te digo —Dijo mirando hacia la inquisitiva voz que le apremiaba—. Y se fue. Desde Nocturno, en la radio, siguió la voz del Lele con Van van, reclamando a aquella otra muchacha en la letra de la canción, esa otra voz que se estaba escapado para siempre, hacia el fondo de todos nosotros.

PALELO

Me fui al monte por unas estacas, colgué el güiro con el agua fresca en el gajo de un arbusto cercano. Muchos años después pasé por debajo de un árbol recién crecido y una sensación de humedad cercana me obligó a mirar hacia arriba. Mis ojos asombrados encontraron una enorme gota de agua, sujeta únicamente por mi viejo cordel, y conservando la forma de lo que había sido el güiro, que al pudrirse con el tiempo desapareció hecho polvo. Contaba Palelo, en aquellas noches de cuentos y aparecidos en Jobabo, cuando reunidos en casa no había electricidad para ver la novela en televisión, ni azúcar para degustar el antiguo recuerdo de una taza de café.

BAJO LA LUNA

Le miré las tetas. Para que sea literario tendré que escribir, le miré a los ojos; y supe, en ese breve instante, que iba a querer tenerla conmigo para siempre. Después vino el primer beso, el primer sexo, el primer encuentro de mi lengua entre sus muslos, bajo la más brillante luna de mis recuerdos. Seguía siempre con aquellas ganas de que fuera mía, para ser de ella toda la vida y que todas las lunas en sus cuatro fases pudieran mirarme besar entre sus piernas y beber cuanto elíxir pudiera brotar desde toda la dulzura de tus pocos años.

Era tan genial verte desnuda. Tus líneas perfectas, la cadencia de tus pasos; la atmósfera envolvente que te hacía su prisionera siempre a punto de estar entre mis manos, la carne de tus labios tiene que haber sido algún desatino de Dios, y era dulce tu beso siempre en peligro de que vinieran a ellos a libar, ardientes, las abejas. Avancé muchos kilómetros adentro, en el laberinto de tus ojos. Quería quererte de una vez por todas, pero la vida se encargó de joderme todos los milagros; porque, mientras yo me moría de amor por ti. Tú, tenías otros planes.

SIN BESOS

Qué bueno que no quisiste. Aunque duela la alegría, si tú hubieras querido no estuvieras allá, ni yo aquí. El triunfo es mío. Soy el vencedor. No fui Héctor frente a la muralla ente los ojos de su esposa, caer abatido y humillado por Aquiles. Tampoco me hice atar al mástil para pasar ante las Náyades, sin cera en los oídos, había escuchado tu voz toda peligro, muchas veces. Unos pudieron besarte. Hacer los proyectos de tus hijos. Tocar una y otra vez hasta las náuseas aquella piel vedada para el hambre de mis ganas; pero yo gané.

Sé cómo hubieran sido tus orgasmos, bajo las ansias en el concierto de los músculos y nuestra piel palmo a palmo. Ellos fueron tus novios, tu esposo, o toda aquella nomenclatura que usan los juristas y sus esquemas inútiles para contarle (al alma) a las madrugadas.

Cuantas veces, las voces de los hombres horadaron tu parecer; la lengua dejada en su pastoso recorrido por los recuerdos. Quizá bailar. Quizá decirle; —Si, todo está bien. Son los recuerdos escapando por el caño rumbo a los desagües de la ciudad. Aquella lejana ciudad con la que nunca llegamos a soñar, incluir en nuestros planes; ni tus proyectos personales.

Cierto. No fui el padre de la niña. No escuché que me amaras. No percibí nunca una sola palabra de tu boca, siempre dispuesta a dejarme morir en el intento de quererte. Caprichosa. Eras tan linda como el sabor de un chocolate que estuvo siempre por inventarse, para que lo tocasen tus dedos. Como pudiera ser besarte aquella noche y borrar uno por uno cada tiempo vivido después. Qué bueno hubiera sido una guitarra ahora que me pregunto cómo gasto papeles recordándote. Recordando aquella tozuda manera de callar mis ganas en la tan inútil manera de quererte, tan demasiado niña y tan temprano en la vida y tan tarde en la noche. Aquella madrugada.

No voy a ser nunca nada para ti, muchacha de chocolate, pero soy el campeón mundial de presentirte. El, medalla de oro olímpico, luchando uno sólo de tus besos. El único que ha podido llegar al absoluto de las ansias y el que con más fervor ha suplicado a Dios por un poco de luz, aquella noche cuando desnuda, retaban la distancia nuestros cuerpos.

LA PROFE DE BIOLOGÍA

Solo podía mirar sus ojos, ese amanecer de mar donde todos los verdes se combinan para dejarlo a uno sin aliento. Sus ojos tenían la capacidad de dejarme inmovilizado en cualquier situación que me encontrara. Fueron sus ojos los que me obligaron a madurar aceleradamente, sus ojos de amanecer entre la espuma y los sargazos, ojos que solo admiten una clasificación los ojos de ella. Sólo me atrevía a mirar sus ojos eléctricos, pero sabía que después de los ojos estaban las tetas y el vientre y los muslos de la Venus de Milos, después de sus ojos estaba su voz, su voz de clases para hablar del paramecio y el saltamontes, mientras desde la luna de Valencia miraba descolgarse bajo su falda negra, aquellos muslos que tan nítidamente me acompañaban en cada masturbación. Era casi medio día, mi grupo terminó primero y ella estaba en su clase con séptimo A. Miré por el pasillo y alcancé a ver algunos alumnos de los primeros pupitres. Allí estaba pollito que un día será veterinario y esta Dianelis que se la llevarán para Camagüey, hasta que sea vieja y gorda y Lorena la eterna novia del gordito y Martica Lorda, que tendrá un único amor hasta que sea abuela, atrapada por la noble sonrisa de Pedro Sánchez, amigos para siempre del otro Pedro Rosabal, todo silencio desde el pupitre en su rincón, que un día irá con todos sus huesos a parar al "campo enemigo". Y todas las niñas lindas de la escuela allí pendientes. Pero, sólo tenía ojos para ella, y fue a ella a la única que estaba dispuesto a conquistar. Noches, noches y más noches para pensar en el justo momento de decirle. Pero que le iba a decir, seguramente ella querría un prolongado discurso sobre el paramecio y las amebas y sus sistemas reproductores y su respiración por tráquea. Allí estaba ella impartiendo su clase mientras era acechada por todas las ganas de mi adolescencia.

Hasta que, tomando impulso, como si fuera a subir la loma de la tasajera en la bicicleta de Modestico o de Robert, el de los Cadogan, le llame y vino. Por un momento pensé que ahí mismo se acababa el mundo y efectivamente fue en ese momento en el que toda mi niñez acabó para siempre, cuando mirando aquellos ojos le dije:

—Profesora, me estoy muriendo por usted.

LAS PELÍCULAS

Mire doctor, yo sé que usted sabe mucho; pero los amores largos, llevan cuentos cortos. Y aquí la que sabe soy yo. Me baño. Me pongo un poco de crema en el bollo y pongo una película en el televisor. No, no de esas. Una película normal. De esas que cuentan historias navideñas. O la del hombre que lo muerde una araña y puede trepar por las paredes. El caso es que pongo mi película en espera de que mi marido salga de la ducha. Cuando se baña. Porque el sueña con vivir como los esquimales bañándose con orine una vez al año.

El caso es que llega. Se trepa sobre yo de cubito supino, con aquello entre dos aguas como Tárraga o Paco de Lucia dándole matraca a las cuerdas de una guitarra sorda. Aquello, entre dos luces de la ciudad como en la película de Chaplin. Sube, medio que la mete. Se mueve. A veces no me deja ver los subtítulos y se me escapan acciones y tomas importantes como en aquella en las que todos pierden de Kramer contra Kramer. O cuando el marido cornudo llama a casa desde la feria en Los puentes de Madison. Y, se bota. Mientras me pierdo detalles de mi película cuando el hombre araña rescata a su muchacha a punto de caer hacia el abismo, pero no se la lleva a algún rincón de la pantalla y se la tiempla rico, como se suele esperar que ocurra. No, él la deja en lugar seguro y se despide con una mirada lánguida como diciendo: — ¡Por Dios, si fueras tu hermano! Y ahí comienzan a salir los créditos de la película y como ya éste se botó se deja caer a un lado de la cama envuelto en peos y ronca como una locomotora, como la de aquella película en la que el tren iba a ser asaltado y entonces...

No doctor, yo no soy ninguna viciosa. A mí Hollywood no me engaña. Usted vio aquella del caracolito que ganó tantas carreras. Le ganó incluso a los más grandes y avanzados autos de carrera. No, que va. No lo creo. La vi cinco veces y no, no me engañan ellos hacen trucos.

EL TENIENTE

Me cambiaron todos los criterios, se habían muerto todas mis ilusiones cuando de regreso a la unidad comencé a ver aquellos uniformados en su justa dimensión, todos y cada uno medido desde su propio arquetipo de verdugo, como si mis ojos hubieran adquirido la mágica propiedad de mirar al interior de las personas, comencé a ver el tronco de hijo de puta, que había en cada uno de aquellos seres que ululaban, unos borrachos y otros desesperados en su frustración de hacerse notar a toda costa ante los superiores. Fue así que comencé a distinguir como solía hostigarme aquel teniente enemigo de los libros y las lecturas.

Los hechos, los tozudos hechos se fueron sucediendo en fila india y acumulándose en mi conciencia de forma tal que, sin darme cuenta, un día estaban a punto de estallar, y estallaron. Todo empezó como siempre. Es la historia que se repite: el oficial haciéndole la vida imposible al soldado. La misma historia desde los griegos hasta acá. El mismo móvil, el mismo acto de venganza...(Carlos Esquivel) En una ocasión me sorprendió en el albergue manchado con la roja tierra de aquel lugar, leyéndoles a algunos soldados de mi pelotón un poema escrito para la independentista boricua, que en ese momento sufría cárcel en Estados Unidos de América. Otra, haciéndose el entretenido escuchó una conversación en la que encendidamente defendí, que nuestra mejor música cubana no debería estar prohibida o censurada o carente de toda difusión, cuando lo único que había en nuestras casas eran radios soviéticos, ya que las grabadoras y los casetes eran lujos solo destinados a marineros, diplomáticos y otras especies de muy alto rango, en la construcción de una sociedad en la que todos estábamos llamados a ser iguales, pero con unos más iguales que los otros.

En una inspección, encontró varios libros debajo de mi colchón: Campos roturados, Los misterios de Saturno, El gran aburrimiento y una selección de poesía cubana hecha por Lezama, uno que es poeta, va a la iglesia y no se va. Bastó aquel hallazgo para que me identificara como pichón de intelectual, y comenzara desde ese terrible minuto, una descarnada y descarada persecución con uso y abuso de todas sus prerrogativas.... y llegué a odiar a un teniente de apellido Gallo que me hacía la vida imposible a partir de que se enteró de que yo era escritor. (Emilio Comas) El reporte disciplinario por el más mínimo motivo, la negativa frecuente al más pequeño pedido o necesidad, las tareas más duras, al calabozo mal oliente y hambreador por cualquier minucia, fueron lacerando mi alma de tal manera, que sin poder acumular ni una gota de odio por aquel teniente rojizo, natural de Nuevitas y cuyo nombre no voy a poner aquí; comencé a sentir la necesidad de que se lo llevara una nave espacial hacia una lejana galaxia, desde donde no regresara nunca más. Ahora me doy cuenta que, de faltar él, me hubieran asignado como tarea a otro. Pero, en aquel momento yo quería que se lo llevara el diablo, por lo menos para el VII círculo en el recinto de los violentos contra el prójimo, para que no me viera nunca más. Hice, como es de suponer, mi examen de conciencia. Revisé desde mi etapa de feto, hasta el último minuto de mi vida. ¿En qué habría dañado yo a la Revolución? ¿Cuál sería ese delito tan horrible del que no tenía conciencia? y que pesaba tanto en mi expediente del servicio militar obligatorio; que no perdido, como el de Julio Girona, en el ejército norteamericano durante la Segunda Guerra Mundial. Y al no encontrar respuesta coherente "perdíme en selva umbría, antes de hallar mi edad su cuenta plena". Mandé a buscar a mi padre que acudió presuroso. "Aquí me tienes bien aferrado a la semilla, como colgando de ti". Me abrazó con ternura y después de escucharme largo, me dijo: el ejército es así, resiste y sé valiente. Y se fue dejándome una ráfaga de calor en mi corazón y fuerzas para resistir el acoso un poco más. El asedio me llevaba a los estados de ánimo más insospechados. Odié al imperialismo por una simple asociación. Si éstos que eran mis hermanos me trataban así, el enemigo sería peor. En aquel momento nunca me detuve a suponer ¿Quién era verdaderamente el enemigo? Pasaba días sin ver la muchacha que me cambiaba besos por poemas y permitía que le acariciara aquella sandía, en dos mitades que abren su escarcha grana y rosa en un largo crujido fresco, en la cama de la enfermería de Sola Diez, cuando su novio no venía a visitarla. No pedía pases extra, ni franco para en el sucio bar de Imías hartarme de ron, a doce pesos la botella, como el resto de la unidad los días del pago. Nunca más fui a los albergues de las muchachitas con "El funerario" y "Cabito fuerte", dejándonos colgar de nuestros brazos, desde la azotea hasta el hueco del cristal roto en el último albergue de la última planta, hazaña que ahora me da vértigo al recordar. En aquellas noches con cielo lleno de estrellas y sudor de dieciocho años. Recuérdese, lo que está demostrado es que veinte años no son nada, pero dieciocho sí; y si no que lo diga el capitán jefe de la unidad que nos creía fieles herederos de la caballería de "El Mayor", quien escribió a su esposa Amalia las cartas de amor más hermosas que conoce la historia de Cuba. Y la guerra era contra España, con el comunismo hubiera sido otro escritor perseguido. Me abstuve de todo, pero no cambió nada. Mi vida era un infierno. Días de formar la unidad con toque de alarma de combate, y luego de estar todo el batallón formado, éste era el pase de lista:

—Ignacio

—Adonis

—Félix

—Norge

— ¡Presente!

— ¡Rompan fila!

Pero un día, porque siempre llega el día, aunque no sabes que lo estás esperando hasta ese momento o hasta un poco después, cuando sufridas las consecuencias, te detienes a analizar. Un día amanecí de servicio en el comedor de los oficiales. Allá en el fondo, con su cara roja y grasienta, estaba desayunando el teniente. Como estábamos solos los dos, no había testigos y pensé ingenuamente que esa sería mi salvación; me acerqué hasta mancharlo con mi aliento y le dije las dos o tres oraciones que había esculpido en mi corazón letra a letra, en todas aquellas horas de angustia en la unidad, y en los sucios e insoportablemente malolientes calabozos, con la cabeza rapada. Y, seguro de que no tendría valor para levantarse de allí, ni decir nada, le di la espalda y me fui a prepararme para salir hacia la obra. Ya estaba formada la unidad completa, a punto de montar en los camiones para irnos a trabajar en la construcción de Sola Quince, cuando vi al teniente acercarse al capitán y decirle algo, entonces el capitán dio la voz de —¡firmes!— y ordenó por mi nombre que me incorporara al calabozo. Salí de la formación esquivando los pedazos de mundo que caían sobre mi espalda y pensando sólo en mi madre tan lejana y con tanto tiempo sin verle. Pero Dios es grande y poderoso, al salir del pelotón y subir a la acera, en el ángulo de lo que se llama vista panorámica, apareció un formidable trozo de cabilla, con el que usualmente se daban los toques de diana sobre el disco de grada que cuelga allí cerca. Rápidamente lo empuñé, y desde ese momento fui uno más al mando de Máximo Gómez en la primera carga al machete. Como uno de aquellos negros desnudos sobre los caballos, me lancé contra el enemigo, quien al divisarme puso pies en polvorosa por toda la unidad, delante de la asombrada tropa, hasta fortificarse en las oficinas del jefe, esperando a que mi rabia y mis uñas dejaran el inútil intento por derribarla. Nadie se interpuso, nadie intervino de alguna manera, todos se fueron para el trabajo. El teniente, encerrado no habló ni media palabra. Lancé el arma lo más lejos posible y con paso lento me dirigí al fondo de la unidad, me senté sobre unas piezas de prefabricado, bajo el tibio sol de la mañana que iniciaba, sin el más mínimo arrepentimiento, me dispuse esperar a que vinieran por mí los carceleros.

KATIA

Una fina cadena de oro con una medallita, que ahora supongo de la virgen de la Caridad del Cobre, abrazaba el cuello con el que soñaba para asidero de los besos en todos y cada uno de mis sueños por esos días; cuando finalizaba el año en que, por primera vez, caminé por aquellos trillos de tu pupila hacia adentro. Tu piel, como ahora, sigue siendo toda la distancia de lo que se supone para quien se expone al rudo sol de los trópicos. Qué cosa tan linda tu cara en la mitad de una sonrisa en aquel séptimo grado, en que nuestras edades muy próximas, me ponían a mí al frente de la enorme pizarra tiza en mano y a ti, en algún lugar desde donde esperábamos cuanta oportunidad fuera posible para mirarnos.

La mirada, era el único consuelo a aquella hambre de ternuras, en el imposible de una historia imposible condenada al silencio y a la tragedia de que no pudiera ser posible como Romeo y Julieta, como Tristán e Isolda; casi tan terrible como la de aquel joven usando sus pistolas para imponer el suicidio por amor en medio Europa.

Un amor de: —Revíseme este dibujo, profesor.

Un amor de: —Usted tiene todos los puntos, alumna.

Un amor de: Verte y amarte como nunca y ya sin ojos seguir viéndote salir hacia el campo, los cultivos, al aire libre de los campos roturados de Las Mercedes, donde la ESCEC # 44 nos había juntado bajo el mismo cielo. Tú, la niña más linda del mundo, que no has dejado de ser, y yo el sedicioso entusiasta hambriento de todo lo virgen que has tenido que ser la vida entera para este mosquetero, galán ante la realeza de tu estirpe, obligado a cuidarte niña imposible, obligado a quererte como si de una princesa en la corte de Francia se tratara. Condenado a adorarte amordazado o con una injusta máscara de hierro para impedir mostrar mi verdadera identidad, mostrar mis verdaderas intenciones, mis auténticas ganas, la real tragedia de tu realeza, la verdadera tragedia de estar muriendo por ti y estar agonizando con gusto y gloria sólo por la oportunidad de haberte visto, como si fuera suficiente verte para sustentar toda una vida de verte, verte, verte una y otra vez y no tenerte nunca Katia.

ÚLTIMO TAXISTA

Mario Velázquez es el último taxista de mi pueblo. Aunque estamos finalizando el dos mil cinco, conduce un destartalado Lada de mil novecientos ochenta y ocho. Ahora tiene cincuenta y cinco años de edad, faltan diez para su jubilación y los tiene que "luchar" con este producto soviético sin documentación oficial. —Me quitaron la licencia porque se me cayó un guardafango. La empresa no tiene dinero, ni yo tampoco. Pero sigo trabajando escondido, hasta ver qué pasa. Llegamos a tener veintisiete carros, ahora sólo queda éste. Cuando empezó la crisis los vendieron a otros organismos.

—No habrá gasolina —dijeron. Hizo silencio y se quedó mirando rumbo al horizonte—. Debería haber más ganado.

Todas estas tierras eran de ganado —dijo mientras señalaba, más allá de la carretera, la inmensa alfombra verde del Marabú y sus familias de plantas espinosas—. Habrá que repartir las tierras, embullar a la gente a trabajar. Hace falta que haya ganado. Guardó la mano, se aferró al timón y siguió conduciendo en silencio.

SON DE LA LOMA

En algún lugar está contado por ahí que María Teresa Vera le pidió a Lorenzo Hierrezuelo que cuando muriera ella, que ya se sentía muy enferma, él le cantara Veinte años, su antológica interpretación. Al morir la gran cantante y Lorenzo intentar cumplir con el postrer deseo de aquella persona tan querida, no pudo, no le fue posible. Alguien, con esa fuerza que tienen los cubanos en los momentos de dolor, propuso una sabia y definitiva solución; buscaron nada menos que a Barbarito Diez, quien, con su típica seriedad y aquel torrente desde la garganta, colocó una mano sobre el féretro e hizo, por fin, la divina interpretación. Y, como faraón que parte llevándose lo imprescindible para la próxima vida, se llevó la canción nuestra María Teresa, para la gloria, desde donde nos mira sonriente.

Cuando se escucha a Abelardo Barroso con la orquesta Sensación (que hay una sola) cantando El guajiro de Cunagua, allá por la mitad del número, se encuentra un solo de pailas que, si no lo hizo el mismísimo Tito Puentes entonces éste, a quién imagino moreno, no es príncipe en ninguna parte, ni segundo de nadie, o acaso la está tocando el mismísimo dios de la percusión llegado de alguna mitología caribeña. Música convicta en la nueva sociedad.

El cuerpo desnudo bajo mi cuerpo, más cabal que su sombra, jadeaba en lo que sería nuestro último encuentro. Desde algún rincón una voz nos insistía en que "lo nuestro no ha de volver nunca" y que alguien por ello iba a morir de soledad.

"La muñequita que canta", aquella preciosura del Alí Bar, que fue escuchada entre las nubes de humo de la marihuana, el aliento del Bacardí y la lujuria del cubano por la hembra. Blanca Rosa Gil, Dios mío, tú también te fuiste.

Los Zafiros, ¿quién pudo acusarlos de tener "problemas ideológicos" en sus canciones? Señor, quién pudo hacer aquella infamia que ahora Enrique Núñez Rodríguez, desde su cómoda posición de hombre corcho, cuenta intentando incluso hacer humor con lo que en su momento generaba tanto dolor. ¡Perdónalos, Jesús, yo no puedo!

Amadeo Roldán

Adolfo Guzmán

El lírico de Holguín

El ballet de Camagüey

Rolo Martínez

Bola de Nieve

Domingo Lugo

Celia Cruz

La primera vez que fui a pasar un fin de semana en el motel Las Codornices de Nueva Gerona con Annia, recortada a contraluz, mi amigo queridísimo Jorge Ángel Hernández Pérez, HP para la gente de Vueltas y sus íntimos, me prestó amablemente su pequeña grabadora, comprada en la Casa de La Amistad, aquel breve espejismo, dos casetes de aquel grupo inglés tan problemático y que me niego a nombrar aquí, para que vean que sigo sin problemas ideológicos, como siempre, y dos del Trío Matamoros con la recomendación estricta de que los escuchara bien bajito o de ser posible con audífonos, y que si la seguridad del estado me sorprendía oyendo esa música ni bajo tortura podía decir que eran unas grabaciones hechas por Bladimir Zamora, llevadas a la Isla por Sigfredo Ariel para que no hubiera líos. Tomando todas las medidas pertinentes y cuidándome hasta de Annia, comí una fruta como si descubriera un nuevo continente, no fuera a resultar una espía del G-2; escuché Lágrimas negras en original y sin copias por primera vez, Juramento, La china de la rumba y sobre todo aquella

Mariposita de primavera de la que con lágrimas en los ojos me hablaba mi padre, muy calladamente, cuando en un bar de Holguín, su tierra natal, un señor bien vestido, después de unos tragos y escuchar el mismo número por largo tiempo, se disparó a la cabeza sin ninguna compasión.

Celeste Mendoza
Lino Borges
Rodrigo Prats
Septeto Espirituano
Orlando Contreras
Ñico Membiela
Arsenio Rodríguez
Meme Solís

Viendo la película Visa USA, me sorprendió realmente la escena final cuando el muchacho, en su cansado regreso, llega a la pantalla; y desde el centro mismo de mis huesos comienza a aparecer la voz de Benny Moré diciéndonos que: te quedarás porque te doy cariño, te quedarás porque te doy amor, y después de tragar en seco y respirar profundo, digo para mis adentros: ¡caramba si hasta para película sirve! Me quedé buscando en los créditos y claro, ¡tenía que ser!, música: Leo Brower. No sé si en esa época aún le estaba vedada la batuta de nuestra Sinfónica Nacional, y algunas otras prohibiciones que lo catapultaron a buscar otros caminos, en Europa y sabe Dios cuántas distancias y soledades donde suplicar que por favor no le vuelvan a cantar esa canción que me hace daño.

Los Muñequitos de Matanzas
Manuel Saumel
Roberto Sánchez
José Antonio Méndez
César Portillo de la Luz
Felo Martínez

Pepe Merino

René Touzet

El Guayabero: pícaro, jacarandoso, un cubano sabroso, rey del doble sentido. Lo conocí en un barco que usaban de cabaret, en las fiestas de la toronja en Isla de Pinos, bailando con Luisa María, la rubia más linda desde Andrómeda hasta la Grecia clásica y con el mejor tumbaito pa' lava' la ropa que se haya conocido. Tocaba un número tras otro, sin el menor descanso, como en un guateque de monte adentro. El Guayabero, mamá, no tiene cumpleaños, ha durado con su pueblo toda una larga existencia, sin difusión alguna, es querido por todo el que le escucha y el que conoce su obra, eminentemente popular, se enamora al tiro. La pacatería ultraizquierdista, orientada desde el Este europeo, no le ha permitido una adecuada promoción, quizá ni la mínima, y se ha mantenido como el perro, que muerde calláo, y para cuando se muera se ha mandado a hacer dos panteones. Uno para el cuerpo y otro para sus... bueno, se sabe.

El quinteto rebelde

José Tejedor

Mongo Rive

Dámaso Pérez Prado

Antonio Arcaño

Paulina Álvarez

Rita Montaner

Marta Estrada

El programa de la televisión cubana "Lo bueno no pasa", preparó una presentación en vivo con motivo creo de algún aniversario. Rosita Fornés, rubia y elegante, después de su interpretación fue obsequiada con un hermoso ramo de flores, en esa misma ocasión presentaron a Omara Portuondo como la diva del Buena Vista Social Club. Canta y no recibe flores,

¿Presupuesto? ¿Olvido inocente? ¿Racismo? ¿Segregación? ¿Quién tendrá las respuestas?

Por qué el proyecto Buena Vista... a pesar de su repercusión universal, no ha tenido difusión en Cuba, ni los que, desprendidos de esa idea inicial, han alcanzado importantes premios en el mundo si como se sabe sus protagonistas permanecen en el país, fieles... a lo que sea.

Algún día, alguien tendrá que explicar por qué esa gente que logró sobrevivir con su arte en los días terribles de la neo colonia pro yankee, lograron salir adelante con su arte en el más cruel abandono oficial, pasando hambre, dificultades y el desamparo propio del capitalismo según nos dicen.

Cómo esos artistas, curtidos por las limitaciones, que habían podido llegar con una enorme popularidad hasta los iniciales años sesenta, no lograron pasar la barrera de la victoria popular, de cuyos medios fueron borrados en esta tierra tan eminentemente musical. Teniendo en cuenta el carácter eterno de nuestra Revolución y lo férreo e irreversible de nuestra ¿política? cultural, me asusta, eso sí, escuchar a mi hija Gabriela, con sus apenas cinco años, tararear irresponsablemente por la casa aquello de que son de la loma y cantan en llano "si los dejan". Dios mío, protégela de todo mal y líbrala de toda tentación. Amén.

EL CARTEL

Escrito con mano aterrada y presurosa. El cartel iluminaba el piso del parque, justo delante del banco que hace esquina frente a la antigua Casa Bravo. La tiza había dejado su mensaje con trazos burdos y ordinarios; sin embargo, al recordar hoy aquellos días, me parece que lo trataron (al letrero) mejor que a La Mona Lisa en vida de Leonardo.

Primero cerraron el lugar, llamaron a los de tropas "especiales", mitad uniformados y mitad vestidos de civil con Makarov por dentro, y miraron desesperados para todas partes. Llamaron al mejor fotógrafo en kilómetros a la redonda para dejar constancia gráfica de aquel acontecimiento inaudito.

Todos se alejaban del lugar aturdidos; cambiaron el rigor de las aceras, el paso de los borrachos, y las parejas se turbaron ante la inminente separación para cruzar el pedazo de parque donde las falaces letras le anunciaban al hasta ese momento tranquilo pueblo, que había alguien en la oscuridad del anonimato que no pensaba como está establecido, y desde ese momento la tarea fue detectar una oveja negra que, como la papa podrida, podía joder al saco completo. Urgentemente me llevaron a los consabidos interrogatorios y mi fría respuesta los dejó anonadados:

—Escribo versos, no soy rotulista. Les dije.

El rumor corrió como solo puede correr el rumor entre cubanos, con mucho aspaviento, miedo y el ambiente tenebroso de la sospecha; sin la más mínima palabra, sin el menor ruido, la pregunta se dibuja en los ojos de cualquier interlocutor: ¿acaso fuiste tú? Pero claro, nadie se atrevería a sostener tan tremenda acusación.

Llegaron los refuerzos de todas partes, especialistas, criminalistas, habilidosos interrogadores y hasta el mismísimo

Sátrapa fue llamado para infiltrarse en los grupos sociales más insospechados. Minutos después y durante mucho tiempo comenzaron a ser llamados a las oficinas de la seguridad del estado todos los que en el pueblo manifestaran la más mínima inclinación artística: El Trope; no su padre el permanente jodedor camionero, que se bajó del carro y puso el oído en la línea del ferrocarril para complacer los caprichos de aquel policía de tránsito, sino su hijo el pintor y escultor que por esos días andaba luchando para que la gente de la Unión de Jóvenes Comunistas le ayudara con la ejecución de una escultura dedicada a la juventud (y que nunca se logró); El Trovador, que dejó la música y se metió a hacer negocios clandestinos para no buscarse más problemas con la policía.

Mi hermano negro, el poeta que por fin terminó sus días en la dulce quietud de la fabricación y trasiego de ron clandestino, y se perdieron para siempre aquellos versos machos que desgranaba en cualquier tribuna o muy cerca de la oreja de su alumna embarazada. El músico, con su guitarra y las voces del coro municipal; El cantante y compositor, el que sueña.

Cuanto dramaturgo, actores iniciados y hasta el viejo boticario cantador de tangos arrabaleros. Todos con la famosa espada colgante en sus cabezas y la horrible acusación de haberse hundido en el delito; es decir, de haber ordenado aquel bodrio de letras que no tenían el más mínimo mérito artístico y, sin embargo, para todos los sabuesos sin dudas era obra de algún artista. ¿Quién si no se atrevería?, dijeron.

El cartel escrito con tiza en el piso del parque, sin el más mínimo valor artístico, ni siquiera con la precisión de un rotulista de tercera categoría, y allá va todo el mundo artístico y literario, todo el que piense, todo el que cante, todo el que hable, todo el que se queje, todo el que puje, todos, todos, todos a las mazmorras diseñadas para la clase obrera. ¿Por qué será?

¿Acaso seremos los responsables o estaremos llamados a serlo? ¿Por qué tenemos que ser nosotros los que sudemos la camisa en los largos interrogatorios sin descanso, sin agua y sin piedad? ¿Tendremos que ser nosotros los que alertemos? ¿Los que alumbremos el sendero llamado a ser luminoso de la patria, la democracia, el poder del pueblo, que ese si es poder? O tendremos que ser nosotros para que esta gente nos amargue tanto la vida, por un tímido cartel de mierda que solo dice: Abajo Fidel.

AZUL CELESTE

Llegué temprano a una comunidad campesina. Mirándolo todo y con el placer de verlos transcurrir en su existencia cotidiana, entré a la sala de televisión. Hacia un lado del equipo proyector, encontré un mueble con varias filas de libros: novelas, manuales de política, revistas, todo un arsenal prácticamente conservado intacto. Sólo uno, allá por la zona intermedia, mostraba la huella que deja en los libros el uso continuado, no el maltrato sino las tonalidades de una cartulina que había recorrido de mano en mano todos los grupos de edades de la pequeña comunidad. Curioso lo saqué de su sitio para conocer quién despertó tanto interés entre los vecinos, y no me asombré al leer en letras negras La edad de oro. Lo devolví a su puesto y marché al jardín con la sensación de que, desde algún punto de la bóveda azul celeste, José Martí estaba sonriendo.

PENSAMIENTO DE HOMBRE LIBRE

No puedo precisar si fue siempre así o sólo desde cuando se hizo evidente y descarnada la persecución. Nunca tuve pensamientos de hombre libre. No sentía deseos de ir a la playa; caminar en la arena para que el viento me golpeara la cara al rítmico vaivén de los cocoteros. Bailar, bajo el techo de guano en la resbaladiza superficie del piso del ranchón. Un trago de ron o dos cervezas y un cigarro, mirando las nubes construir figuras en lo alto del horizonte.

Tampoco eran fáciles aquellas jornadas de trabajo en las que miles de ojos, desde una oscuridad imaginaria, exploraban permanentemente cada uno de mis movimientos. Es tremenda la experiencia de una casa calabozo, un barrio cárcel, un pueblo prisión, un país patíbulo en el que vas camino a todas partes perseguido por todos y por ti. Llega un momento en el que tú eres tu propio guardián y tu mismo verdugo que te impides ser feliz o mínimamente descansar de la opresiva angustia por el temor a que, cualquiera de los mínimos actos de la vida, pudiera ser usado como pretexto para destruirme.

Desde la llegada de Colón la segunda mitad del siglo XX ha sido para el país un terrible experimento de odio al ciudadano, desprecio al que sí, repudio al que no, desprecio al que pide y al que no pide, odio al que se queda y repudio al que se va. Todo está articulado para que te vayas, para que explotes, para que mueras o te suicides o estalles. Lo único que no se te perdona es que quieras ser. Lo terrible, por demás es que intentes ser un ser humano; cargar, como una bandera tibia y limpiecita junto a tu pecho la dignidad, te pone en peligro ante la presencia sucia y permanentemente mal oliente de los esbirros del aparato represor que fue creado para defenderte.

¿Cómo será la libertad? ¿Cómo se puede ser un tipo normal? Sembrar un árbol, tomar una esposa, tener un hijo, correr las aceras disparando con el dedo, esconderse en los matorrales junto a la acera, llegar a casa sudando y besar; llenar de besos a todo el que aparezca como si la boca se hubiera vuelto nube y como si esas nubes se hubieran convertido en labios. Tomar el libro de Lorca, abierto junto a la almohada: Corre preciosa corre. Y escuchar alguna risa llegar desde la cocina: y el viento hombrón la persigue, con una espada caliente.

Te extiendes de espaldas sobre la cama y las tejas francesas hacen un lienzo ante los ojos. El hogar, la casa, las tablas podridas y las goteras, todo puede ser soportable menos el presentimiento de que antes de la cena, o después, pueda alguien de sucio uniforme violentar la puerta, empujar los muebles, dispersar todo el librero por el piso y atrapar manuscritos con júbilo en los inyectados ojos y carcajadas en la cabezota de monstruo injustificado con risotadas y coágulos de saliva en las comisuras de los labios.

—He comprado al amigo de Niurka un trozo de carne para el niño. Dijo la voz que me deja helado de terror. Tengo miedo. Son las caras del miedo, nuestro temor cotidiano. Lo disimulo como puedo. Ninguna otra cosa se puede hacer. Hay que arriesgarse a vivir.

—Está bien, no te preocupes, comamos rápido; no sea que se aparezcan.

LA TELEVISIÓN

— ¡Ya no soporto la televisión! Dijo mientras sus manos amasaban una y otra vez el pote con harina de maíz, que en unos minutos estaría haciendo el cuerpo de Dios, en las divinas arepas, que prefería su hijo adolescente. ¿Lo despertaste?

—No, esto no está listo "*entodavía*".

—Tantos años y cada día demoras más.

—Yo hago mi parte. ¡Deja la vaina!

—Tampoco tienes que tratarla como a una carajita.

—Tiene que estar al pelo. "*Majafina*" que una orquesta.

— ¡Ya esto está!

—Me lo había dicho el olorcito. Vaya y despiértelo, ya este yerro eta listico pa' la fiesta.

—Ya; déjala ahí y despierta al muchacho que se le va a hacer tarde; ya casi es el cambio de turno de la policía.

—Voy ahoritica mismo. ¿Y las balas?

—Allí, donde siempre; junto al perico. Ve y despierta al carajo. ¡Despiértalo! Y apaga esa televisión. Se la pasan hablando desde la morgue.

LA TRIBU DE LOS GITANOS

Tendría cuatro o cinco metros de profundidad desde la única puerta al frente, hasta el fondo y su pequeña ventana con gruesos barrotes de cabilla. La puerta marcaba el ancho del pasillo que dividía en dos el recinto. Hacia la derecha un metro y medio finalizado con un soporte de concreto que cumplía las veces de asiento durante el día y cama durante la noche. A la izquierda, el otro espacio era casi dos metros más ancho y en la última esquina al fondo tenía designado un hueco para defecar, orinar, ducharse y reconocer en la naturalidad de aquel encierro toda la variedad en los olores humanos. Como si veinte años de edad fuera el mejor momento de la vida para ser encerrado dejando a tus espaldas el aullido címbrico de los candados y el bullicio en el bregar de lo cotidiano.

El calabozo. Allí estaban todos con sus largas conversaciones inútiles, con sus planes futuros, sus cartas familiares, sus miedos y sus eternos planes de fuga. Estaban todos compartiendo un cigarro, algún mendrugo, o las noticias que de vez en cuando se filtraba por alguna expresión indiscreta o el mensaje cabal de los de afuera. Allí estaban todos expectantes a una realidad que se repetía a sí misma con la cadencia de un reloj suizo. Todos; menos yo. Increíblemente, aquel lugar me había reservado una experiencia que, a la luz de todos estos años no dejó de ser maravillosa. Olvidado por alguien, y con el clásico manoseo del uso continuado plasmándose en la cartulina, estaba un libro; La tribu de los gitanos, de Sakaria Stancu, el autor yugoeslavo que había muerto el año anterior. Publicado en la colección Huracán, de la editorial Arte y literatura.

Como si de su mano se desprendiera el dedo inquisidor de Dios, el capitán tenía la prerrogativa de señalar el camino al calabozo y rebuznar el número que le viniera en ganas. ¡Tres días pal calabozo!, ¡Diez días pal calabozo!, ¡Tres meses al calabozo! La vida y la muerte a los veinte años, el orden de los días y las noches y de cada hora o minuto en la que te permitirían respirar estaban sometidas a la voluntad, estado de ánimo o el simple impulso de las garras de aquel, en mala hora sobreviviente de la masacre de Pino Tres. Una emboscada que le hicieron los casquitos de Batista a los bisoños guerrilleros del movimiento 26 de Julio, en las llanuras de Camagüey, Rafael López Sarduy.

Yo era el bueno y era el malo. O sea, un tercero disputándose el amor de la elegida desde alguna dimensión en la que, a través de los ojos de Stancu, podía ver todas las posibilidades para la conquista. Incluso sin cuchillo, participar en el combate por la hembra; a todo riesgo, cuando exponer la vida podía tener el mismo peso en la balanza de los hechos, que el fugarse en la noche de la unidad militar para robarle besos a las muchachas en la "nueva escuela", la escuela en el campo, donde nos esperaban las jóvenes como si en cada jardín del mundo estuviera ocurriendo el milagro de la belleza en la tierna piel de las muchachas del Camagüey.

Siempre éramos muchos, apretujados entre aquellos muros pulidos por la espalda de los incautos y teñidos por la mezcla del sudor, el churre y las grasas que la piel había estado dejando en la pared por décadas de mugre. Unos con sus condenas previstas desde el gaznate del oficial. Otros, estaban allí hasta que alguien se acordara de sacarlos y los últimos eran los que serían presentados ante la fiscalía militar. Un juicio sin abogado de la defensa, en el que el oficial llamado fiscal del ejército determinaba la pena a cumplir en un macabro juego de azar con fósforos. Otras veces de mayor humor, el fiscal decía al enjuiciado: —Dime un número del uno al diez. Si el infeliz decía, por ejemplo, el tres. El oficial ripostaba con una grotesca risotada: — ¡Súmale cinco años y vete. Esa es tu condena! Ya sentenciados, y muchas veces sin sentencia alguna, eran llevados a dos batallones de castigo, que se disputaban el galardón por la crueldad y los cadáveres aportados, uno en Vertientes copia de Tuol Sleng y el otro en el poblado de Florida a imagen de Choeung Ek. Allí, el hambre, los ejercicios físicos y los humillantes maltratos de los verdugos podían reducirte a la nada o llevarte a la ansiada muerte. En caso de morir, se entregaban los restos a los familiares. Los que no tuvieron la suerte de morir, llegaban de regreso a su unidad de origen como cadáveres vivientes. Muchos tardaban años en recuperarse. Por esa época nuestro gobierno era asesorado por Pol Pot, el "Hermano número uno" y sus Jemer Rojos, gente muy culta; graduados en la Sorbona y otras prestigiosas universidades europeas que, luego de la guerra, estaban implantando las ideas socialistas en Cambodia.

VEINTE AÑOS DESPUES

Dice que no le pudo ver los ojos. Que todo el tiempo intentó mirarlo fijo para ver si podía verle los ojos; pero que no puede asegurar si logró verlos. Era un poco más viejo que como se ve en las fotos y los documentales. Con él venían cuatro o cinco hombres, con el uniforme raído y llevando al cuello aquellos collares de peonías, con cruces talladas en madera; y algunos con medallitas de la Virgen de la Caridad del Cobre.

El que parecía el jefe fue el único que le habló todo el tiempo. Le preguntó el nombre y dos o tres cosas sobre su vida.

Y llegó a la casa, pálido como un muerto, y sin poder hablar con nadie. Después de un vaso con agua y un trago de café, que le calentaron enseguida, fue que logró articular palabras. —Contó que estaba paralizado en medio del camino que viene desde El Sao, hasta el entronque donde se bifurcan las vías hacia Los Flores y Borbollón. Que venía paralelo al ferrocarril justo por la zona en la que el monte se extiende a ambos lados del camino y la línea del ferrocarril.

Cuando se dispusieron a marcharse, abandonando la ruta transitada para adentrarse en el monte, dice que el tipo lo miro de frente y sin mostrarle los ojos, entre las lenguas de sombras, que anunciaban la muerte del día con la tarde casi a punto de marcharse, le dijo: —Yo soy Camilo Cienfuegos.

EL PIANO DE COLA

Cubierto de polvo. Devorado por cuanto comején pasaba por el barrio. Con el silencio en la distancia de los ansiosos por llegar a firmar el libro de entrada, con el eco del saxo de Piri en los relojes y en la penumbra de los ancianos en la perpetua existencia, estaba el piano de cola, en la primera sala de la Casa de Cultura. Indiferente a los cuadros de Balbón, o las estatuas metálicas de Bringa. Mirando pasar a Iliana en su vaporoso esplendor de chica sexi, lista para triunfar en Hollywood. Ricardito y su trompeta, Mene revelando sonoridades en el tres. Juanita y su misterioso encanto. Rey, manoseando a su guitarra. Todos pasaban sin lograr ni una mirada de soslayo del imponente habitante, del denso espacio de lo que pudo ser la catacumba de algún misterio sin resolver. El mundo entero nunca fue capaz de generar una noticia, un mínimo acontecimiento que le hiciera mover una cuerda, hasta que la vetusta armazón de aquel enorme piano en medio del salón de la Casa de la cultura veía aparecer en el pasillo, desde la puerta en el jardín a la Macusi. Y, entonces, como si desde el azul infinito de las alturas se hubiera desprendido algún retazo de lo divino, desde todos los dientes de marfil de la bocaza, más de mil notas y armonías juntas volaban a los espacios, para cantar su nombre.

LA CAFETERÍA

Hoy, al recordar tu cara roja e indignada, sonreí. Hay cosas increíbles, sobre todo cuando se trata de una niña de ocho años. Pero en aquella ocasión, lo único que deseaba era quedarme solo en el cuarto para llorar. El hambre hincaba con sus pezuñas las paredes del estómago. Los aguados plátanos burro, se acabaron y el arroz no lo despacharían hasta la semana siguiente. Con algún dinero, fuiste a la cafetería de la terminal de pasajeros, frente a casa y regresaste colérica. — ¡Ron y cigarro, es lo único que hay! —Dijiste a toda voz— ¡Esta gente piensa que los niños fuman!

LA GRABADORA

Susana la peluquera los trajo al pueblo. Venían de la capital. Uno de ellos era el novio de Susana, Mañú, le decían. Mañú, para no irse solo a un lejano central azucarero en la frontera de Oriente y Camagüey se trajo a su amigo Manolito, y éste a su grabadora. Desde que llegaron toda la flor y nata de la juventud Eliana les hizo coro y compañía, en sus descarguitas de cada sábado. De casa de Evelito a casa de Valdín o de Maribella, y así cambiando de casa cada vez, se reunían los jóvenes para escuchar música, bailar y beber alguna preparación con alcohol de reverbero, en la mayoría de los casos; o las contadas ocasiones en las que se presentaba el milagro de algún poco de alcohol de noventa "conseguido" en las farmacias, el hospital o de la mano de algún solapado contrabandista.

Cada fin de semana, desde lo lejos podían escucharse los compases de las sincopas y las corcheas, junto a la algarabía de los jóvenes y adolescentes que se reunían a disfrutar de la única opción recreativa por aquellos tiempos. A los pocos días comenzó el comentario entre los vecinos y la preocupación de los Comités de Defensa de la Revolución, llegó con la policía, a romper como frágil copa de Bohemia y Silesia, la jubilosa alegría y el desparpajo hormonal de aquellos pobrecillos infantes.

El dueño de la grabadora fue incomunicado sin pan ni agua durante semanas. Ñiquito y Humberto Céspedes, nuestra mejor dupla en lo electrónico en cientos de kilómetros a la redonda, fueron llevados ante el jefe de policía para que, destornillador en mano, despedazara aquel valioso equipo e hicieran constar en acta que aquella reproductora de casetes, con la voz de los Formula V, les facilitaba a los fiesteros, comunicarse directamente con la sede central de la CIA, el Pentágono y el presidente de los Estados Unidos de América, para recibir las orientaciones y metodologías para destruir a la juventud revolucionaria con el diversionismo ideológico de la cultura. Lo que permitiría realizar un juicio sumarísimo y en veinticuatro horas, fusilar públicamente a todos los implicados.

Días después al ser enterado de los hechos, se apareció el padre de uno de ellos que ocupaba un alto cargo en la nomenclatura del gobierno en La Habana y; aclarado todo el equívoco incidente, fueron liberados con la orden de que recogieran todos sus bártulos y no se aparecieran más por aquellos lares. Le devolvieron algunos casetes, parte de sus pertenencias y nada de la grabadora ya que, cuando los técnicos le certificaron al jefe de la policía, que aquel aparato no servía ni para comunicarse con la habitación de al lado; puesto que no era más que una simple reproductora de casetes, el policía en un ataque de rabia e impotencia ya que había hecho traer un pelotón de fusilamientos desde la dirección provincial, lanzó violentamente todo aquello contra el piso, y lo pulverizó saltándole encima con sus pesadas y sucias botas de militar soviéticas.

YO ABRÍA LAS PIERNAS

Yo abría las piernas y un torrente de lava ardía entrándome desde los muslos. Un brazo de mar y dulzura inundaba mi boca y todo el espacio se colmaba de los espasmos de dos seres entregándose a la faena de perpetuarse en el goce y los placeres de la vida. Yo abría las piernas y aquel guerrero hacía de mi cuerpo y alma un cántaro de placeres desbordándose hacia los confines del universo.

Entra, sale, entra, sale. Su boca a mi boca, su boca a mis senos, mi boca a lo que pueda alcanzar para hundir mis dientes. Tengo un charco entre las piernas veo bajar los pájaros a beber de mí, cuando le escucho sesenta nueve, sesenta nueve y me lanzo diabólica a su magnánimo palo mayor donde no quedan velas para morder al viento. Es un descenso desesperado. Me llena de líquidos la boca y regresa a la envestida. Entra y sale ahora con más de mil demonios en su trance. De nuevo me inmundo. Ahora soy yo la orate desesperada en la camisa de fuerza de sus brazos. Soy yo la sumisa. Soy yo la que suplica. Soy yo la que entre dentelladas en su cúspide pide entre ruego y llanto: ¡Dámela, dámela por Dios!

LAS BRUJAS

Son mujeres que se aplican ungüentos bajo el sobaco y pueden volar. Se llevan a los niños y no los devuelven. A la luz de los mechones, después de haber dispersado por toda la casa el humazo, para aplacar a los mosquitos, nos contaba mi madre sobre las brujas. O sobre aquel ñáñigo que fue sorprendido con varias botellas de sangre y algunos trozos de niños en un saco. Los ñáñigos no me preocuparon mucho, porque nunca tuve miedo de nada. Pero las brujas si me interesaban muchísimo. Sobre todo porque debajo de los ropajes y la capa negra que les imaginaba, estaba el cuerpo de una mujer. Una hembra. Una muchacha más hermosa mil veces que todas las que había conocido, hasta ese momento, en mi corta vida. Veces hubo, en que el trasiego de los ratones en el caballete producían sonidos como los que hubieran podido hacer los enormes cuerpos volantes sobre el techo. La piel blanca. Las tetas voluptuosas, con los pezones rojos y la boca llena de brebajes y licores, era la imagen que se formaba en mi cabeza, por aquellos años, cuando en las noches y la oscuridad del campo donde sólo las mechas con petróleo encendidas, podían competir con el brillo intenso de las estrellas y el círculo luminoso de la luna llena, frente al cual, sobre la línea del horizonte, veíamos pasar sobre sus escobas a las brujas de la noche, inventadas como tantos cuentos, por el ingenio de mi madre.

BAILARINA CON SOMBRILLA

Con Ailen Ramos y Evisdrian

La muchacha llegó a la puerta del hotel y encontró una extensa alfombra de rosas y geranios, margaritas, jazmines y diez del día. El más mínimo murmullo de su voz la hubiese echado a volar.

Queriendo aparecer distinta, sacó su sombrilla. Miró hacia todas partes y encontró mis ojos iluminando la escena. En aquella mesa está Rodin, Auguste Rodin, comiendo mientras trabaja, con su gastritis eterna, el maldecido, el tantas veces despreciado, revisando sus notas para el busto a Víctor Hugo. A su lado Churchill se ha quitado su negro sombrero de copa y deja a un lado su bastón, distraído frente a Lloyd George, que le arranca una flor al piso para colocarla en su solapa. Fidel Castro, solo, siempre solo, mira por la ventana una enorme multitud que se desplaza con carteles y consignas. Él conoce muy bien sus tres motivos.

Debajo de su sombrilla de seda azul, decorada con preciosas miniaturas chinas sobre micas y ornamentos de papel, que en otros tiempos acompañó a madame Pompadeur en sus paseos bajo el boscaje del Petit Trianon, con sus amigas y admiradores, recogiendo a su paso rosas y madrigales. Ahora, en estas manos, sus tintes azules cobran la majestuosidad de la sombrilla de oro que cubre a la reina de Inglaterra en sus paseos a lomo de elefante por la India. Comenzó a despojarse de sus gemas; una enorme turquesa azul tallada en Persia, perseguida con furia por militares destacados en África; varias esmeraldas rodaron sobre la alfombra luciendo su esplendor verdeazul conquistado en Siberia, allá en la lejana Rusia, detrás de lo que fuera la inexpugnable cortina de hierro estalinista, ya quebrada para siempre. Los rubíes del Brasil, rojos; topacios incoloros, regalos de aquel Sultán que se dejó matar en las ardientes arenas del desierto, mordido en la garganta por la fiera maldita de la sed. Rodeado de sus más feroces enemigos, comprendió de pronto que la perdía sin remedio. Al caer su túnica sobre la alfombra, sintió la caricia del viento sobre la totalidad de su piel maravillosa. Sus manos acariciaron aquel cuerpo como quien descubre un nuevo continente y se detienen sobre todo en aquellas partes que mis ojos iluminan con mayor intensidad.

Cuando llegaron los violines ya su cuerpo estaba recorrido, la peineta adornada con flores liberó su pelo negro, sus pendientes de aliseda decorados por los fenicios con flores de Loto y pajarillas alrededor de una media luna; con una breve cadena para sostenerlos, estaban sobre la alfombra, junto a los alfileres de oro con remate de lapislázuli. Su mirada estaba fija. Las puntas de sus dedos acariciaban con suavidad la hojarasca de su monte de Venus buscando afanosa el frescor del infinito manantial que se acumula hacia el centro del valle prometido.

Estuve mirándola sin respirar. Mi garganta era un fuego antiguo, ancestral, de raza que se muere. No tuve voz para suplicarle; sólo el calor volcánico en mi garganta me hizo rodar por el piso. Llegué tan cerca que tuve miedo de quemar su divino follaje de jardines colgando en medio del desierto.

Mi lengua desesperada se dejó conducir hasta su sitio más húmedo y mi boca bebió la savia de los siglos. Cuando mi lengua encontró por fin aquel ignoto manantial, tibio país, llanura infinita donde se origina la vida, se escuchó un leve murmullo y, entonces, aquella maravillosa alfombra se echó a volar.

EL EXPERTO

Le habían asegurado ventas millonarias. Hasta del Nobel, hablaron los más entusiastas editores. Años de trabajo tocaron a su fin con el punto final a su Manual para conocer a las mujeres. Se sirvió una copa para festejarse en la soledad de su escritorio. Tras un último vistazo, abrió su cuenta de correo electrónico, para enviar el preciado manuscrito; y, allí estaba el informante mensaje de un desconocido, con las fotos y videos de su esposa, en orgía con sus mejores amigos.

LA MOCHA

Él venía con su mocha en la mano y toda la rabia de haber recibido mi planazo en toda la extensión de su cuerpo. Mocha en mano me dispuse a repeler su ataque. Los aceros se cruzaron varias veces hasta que el mío voló hacia el techo dejándome sólo en cabo en la mano tras una fractura casi perfecta. Al verme indefenso levantó su perfilo cortante dispuesto a dividir mi cuerpo en dos mitades. A mi espalda las literas junto a la pared impedían cualquier intento por escapar. El único espacio abierto era hacia él y su brazo armado y hacia allá me fui. Ese fue el justo momento en el que se hicieron válidas todas las horas de entrenamiento sobre el colchón de lucha grecorromana. En un instante su cuerpo, mocha en mano, voló por los aires y cayó estrepitosamente al piso. —Llévenselo. Le dije a los que atónitos rodearon la escena.

EL CABARET

Al parecer eran los muros más altos que se construyeron en la época de la República. Un cine, fue su primer propósito. Su ubicación hacia el centro del pueblo, junto al río, no le bastó para granjearse las simpatías de los parroquianos y a pesar de sus esfuerzos por exhibir películas de estreno, traídas directamente desde México; —Según me contó Vity Sanz—, muy rápidamente fue a la quiebra. Pasó a ser un garaje para prestar servicios técnicos a los escasos automóviles que se movían por aquellos lares.

Cuando lo conocí estaba totalmente abandonado. Las puertas abiertas y su enorme espacio de soledad sólo le daban cabida a los gorriones que se dejaban escuchar en su cuchicheo en las alturas del techo de cinc. Las frecuentes crecidas del río entraban a sus entrañas hasta mucha altura, de ahí que alguna de las más furiosas hubiera podido alcanzar la hondura necesaria hasta cubrir e inutilizar para siempre a aquel instrumento. Un medio día de mucho silencio entré a curiosear y lo encontré abandonado en un rincón de lo que había sido el escenario. Fue la primera vez que vi un piano acústico por dentro. Estaba muy maltrecho por el ataque de los curiosos he inutilizado por el abandono y la acción de las crecidas, pero conservaba la majestad de su estirpe. Cuantas piezas de madera curiosamente labradas por algún exquisito artesano, tantas cintas de felpa que hoy recuerdo verdes y rojas, y las cuerdas que, aunque muy oxidadas, se mostraban tensas, dispuestas a cantar, ante cualquier intento de ser percutidas por algo o por alguien, como yo, en ese momento arrobado al imaginar todas las melodías que en sus días de esplendor debió entregar al universo para deleite de todos.

Un lejano día posterior, hicieron en ese lugar, algo a lo que llamaron "El Cabaret", un ambiente sin luz, con ron y quizá cervezas para amenizar. Y hasta ahí llegamos después de todo el día de paseo, con El Chino y la prima de ella que eran, como nosotros, novios desde hacía algún tiempo. El ron, la música y las cervezas nos fueron llevando hacia una rebelión de hormonas, en la que ya los besos no eran suficiente refrigerante para aquel incendio; y, conocedores de todos los laberintos del antiguo cine, fuimos a dar al segundo nivel, atravesamos lo que había sido la cabina de proyección, por una torpe escalera de madera y llegamos a la azotea con toda la luna esplendida y las estrellas desde más allá del cielo desgajándose sobre nuestros cuerpos.

Éramos un caballo desbocado de instintos. A los besos se agregó tocarnos. Explorar aquella jugosa vulva me causo un impacto sólo superado por el éxtasis de, a escondidas de ella, oler los dedos que habían explorado las interioridades de sus laberintos vaginales. Nos dividía un enorme tanque de cemento, fabricado justo al centro, para colectar el agua de lluvia. Por un momento tuvimos que parar. El Chino, borracho, sacaba la cabeza por el muro y dejaba caer por toda la pared hasta la acera, una catarata con sus vómitos. No aguantó. Un anónimo cantinero había seguido subiendo cervezas. Pague y bajamos hasta salir a la calle, donde nuevamente nos encontró la noche deseosos de seguir explorándonos, teniéndonos. Hacer y deshacer el amor con el sexo a esas alturas de la noche se había convertido en un imperativo al que no estuvimos dispuestos a renunciar. Tenernos se había convertido en una cuestión de vida o muerte. En ese minuto le amaba, sabía que iba a asumir cualquier responsabilidad que emanara de nuestros actos. Quería, a cualquier costo, tenerle. Estaba caliente. Desesperado por poseer aquello que increíblemente se había convertido en mío como el más sublime de los sueños cumplidos.

Tomamos por el caminito que el tiempo (no) ha borrado, que juntos aquella noche nos viste pasar. Caminito que entonces estabas bordado de trébol y juncos en flor, entre el parquecito infantil y la casa de Colino. Posiblemente el río hizo silencio, para que no se escuchara ni los pasos. Al fondo, la vieja escuela de madera de mi sexto grado haciendo travesuras con mi amigo de los Medina, y después de los árboles, la letrina. La puerta estaba abierta y justo al cruzar el dintel comenzamos a besarnos. El hueco de la puerta quedó libre. De alguna manera la boca se desprendió de mi cara y se fue sola a recorrer todo el maravilloso cuerpo adolescente que se me ofrecía para hacer inolvidable aquel momento. Instintivamente, los labios fueron cubriendo de besos cada centímetro hasta que, en un momento inesperado, llegó la boca al increíble lugar desde donde líquidos y olores brotaban como si las arpas de los dioses hubiesen bajado del Olimpo a iluminar el mundo. Un rato después llegaron los ojos, muy abiertos y curiosos fueron mirando hacia arriba el espectáculo de la noche. Sus blancos senos apuntaban hacia donde fuera necesario un disparo fatal. El bello rostro se mostraba pasmado. Mi lengua jugueteando en su clítoris le obligaba a morder sus labios de María Félix a punto de besar, pero en colores; cada trozo de ella se me hacía líquido en la boca. Cada pedazo llegaba al paladar convertido en luz y bajaba hecho fuego a la garganta. Era toda ella gastándoseme en la boca como si en el más furioso caníbal me hubiera convertido, aquel olor desde su pelo. Desde la inmensidad del cenit, la luna se empeñaba en iluminar nuestra primera escena cinematográfica con unos rayos azules, que parecían una canción cubriendo la carne de aquella fruta que me había traído para siempre, el destino de hombre.

EXPERTOS CUBANOS

Sabía todo sobre el mar. La inmensidad de las travesías, el salitre, las gaviotas revoloteando en los atardeceres, el peligro de las tormentas, las Sirenas, los tiburones. En fin, su vida entera era el mar. Pero los expertos del Ministerio del Trabajo, lo consideraron idóneo para bombero.

LOS TRILLOS

Era uno de esos días tan alegres que hasta los trillos serpenteaban a todo correr hacia los árboles. Los pájaros, hacían su fiesta de los trinos, en una competencia sin jurados, donde cada uno se mostraba satisfecho de complacer a su audiencia desde algún Olimpo. En estos parajes, tan lejos de la Grecia de Homero, pensaba caminando hacia la oficina del jefe. Por allí donde el trillo se hundió en el relieve, corría el arroyo. Las ranas cantaban en sus orillas y los peces se lanzaban despavoridos hacia el río. Patos hubo, que salían a nadar con sus polluelos, e iluminaban con su intenso amarillo la oscura superficie. Se fueron las lluvias y el arroyo no vendría hasta la próxima primavera. Al pararme en firme ante la puerta abierta con su habitual parsimonia, en calzoncillos aún, ordenó el capitán: —Vaya a que lo encierren diez días en el calabozo, con media ración de comida, una vez al día.

DESTIERRO

Es amargo el destierro. Lejos de la patria, lejos del país, lejos de todo y lejos de los hijos. En estos días de amargura lo único dulce que le queda al convicto son los recuerdos.

Recuerdo ahora aquella noche en que mi abuela decidió mostrarme su fortuna. Abrió el baúl que le acompañaba desde que era muy joven y con el cuidado y la precisión de un joyero, me fue mostrando muy despacio sus tesoros. Las joyas de los pobres, objetos que valen por la fecha, la ocasión y la persona que los entregó.

Una caja de polvo facial, regalada por mi tío Clemente, ahorrada a sudor y lágrimas para un día de las madres, cuando aún era muchacho. Un collar de perlas de fantasía, pagado a plazos de a centavo, fotos, muchas fotos de toda la familia y de todos los momentos significativos. Esa es la fortuna de los pobres, como el antiguo arcón de la abuela, donde los objetos cobran su verdadero valor cuando, convertidos en recuerdos, llegan a endulzar con su presencia, las noches del desterrado.

HURACÁN

Antes del estruendo llega la luz. El rayo llega antes que el trueno y no es física solamente. No es sólo la resistencia que puede hacer la atmósfera. No es sólo la velocidad de la luz cortando la carne de la brisa. No es sólo la longitud del grueso rugido a zancadas para llegar a los oídos de la tarde o de la noche en que la tormenta llega.

Como pensar que aquellas ráfagas que muerden el techo de guano y arquean las viguetas con sus cujes asidos a las pencas, venían desde el África; allá desde donde el Atlántico se pone de parto para que se extienda su creación por las planicies cruzadas por los barcos. Cuanta gaviota muerta y cuanta muerte dispersando la vida. Tantos pequeños detalles que no se dicen en los noticieros; porque los boletines del Instituto de Meteorología, más que de la velocidad del viento, de su situación actual y de las víctimas que arrasa en cuanto toca tierra, no dicen nada.

Ruge la tormenta como el flujo de sangre dentro de la oreja. Nadie sabe a dónde fueron a parar los pájaros. Tantos caracoles dispersos a toda velocidad por la corteza de los troncos. Tanta semilla hundida en los charcos. No es una canción; pero, hay cierta melodía en el rugir de los ciclones. Una música como de monje que se enfrenta a los monzones. Pero el nuestro es peor porque es el que nos mata y el que nos deja la vida y las ganas de cantar para que el miedo se disuelva.

Nada vemos, nada ocurre en nuestro entorno o lo que pasa no podemos verlo. Indefensos nos aferramos solo a la posibilidad de que amanezca y podamos ver el amanecer hacer su máximo esfuerzo para filtrarse entre lo nublado. Romper el muro de los miedos. Ya los ríos no dejan paso, y los caballos temen aceptar el reto de las peligrosas corrientes con sus remolinos, y pensamos con lástima hasta en los cocodrilos, que imaginamos asidos a los bejucos en su heroica manera de resistencia al torbellino.

Nadie cuenta los días. ¿Dónde estará el sol en estas horas que pasamos en la barriga de la tormenta? ¿Dónde estará la luz? Y los pájaros que nos cantaron desde los árboles con sus frutas de carne amarilla, con sus granos de azúcar dispersos en el picoteo de los carpinteros y su verde plumaje, con tintes rojos. ¿Y dónde guardaron su flauta los sinsontes? Para darle paso al violento rugir de la tempestad.

Cesó la furia. La calma nos deja salir al patio. Revisamos las huellas. Hasta muy cerca estuvo el mar. A punto de aplastarnos. En unos segundos hubiera llegado con su abrazo para engullirnos. Sobre nosotros todo el cuerpo del agua salada llena de barcos con sus banderas piratas, con tantas Sirenas con collares de perlas y trozos de metal brillante. Quizá, el Corsario Negro y su barco estuvieron cerca de la casa, en los días en que la tormenta con sus vientos, nos llevaron el mar hasta muy cerca de la casa, a llenar la laguna con su mata de güira. Quizá el corsario fue a buscarme, o aquel viejo tan amigo de Hemingway con su tiburón a cuesta o Moby-Dick, en su intento de venganza a toda costa. El mar estuvo cerca, entre las tablas del patio la muerte hizo un dibujo de alacrán dentro de mis ojos. El mar estuvo cerca, la tormenta pasó y en pocos días, el ciclón sólo era un recuerdo, cuando las noches se iban dispersando en la negrura rumbo a las estrellas solazándose en el humo del increíble café que hacía Eliodora.

NI UNA SOLA SEÑAL

Había llovido. La noche se presentaba oscura como en esas películas en las que nuestras almas desoladas, en alguna otra dimensión se estaban besando. No recuerdo la fecha. Ni siquiera tengo la certeza de que nos haya ocurrido en esta vida. Quizás lo vivimos en otra dimensión o en algún sueño. Pero tengo la certidumbre de que tú voz me llegaba como un arroyo desde la Sierra, cayendo en el enorme desierto de mi desamparo.

Ese día tus labios estaban más rojos que nunca, más rojos y húmedos que cuando le hacían contraste al uniforme azul en tú bachillerato. A esa hora, desde todos los puntos cardinales, se presentía una tristeza grande como si la tragedia nuclear nos hubiera alcanzado después de tantas amenazas. Tú familia, mi familia. No había telón de fondo en aquel escenario. Las lunetas desiertas y al fondo un vacío enorme hacia el horizonte como si nuestras mutuas soledades se negaran a juntarse en algún punto de la galaxia.

Tú alma se dejó quitar la ropa, con la velocidad exacta para el deleite, con que la lengua de mi alma recorría cada centímetro de piel en tú geografía. Las tetas de tú alma. Como las tuyas propias, solía darles una dureza a los pezones como si de su resistencia dependiera el equilibrio de los planetas.

Era, eras, un mar de líquidos con la delicia que solo conocieron los dioses en el Olimpo de la Grecia clásica. Sólo Dios sabe cuánto pude amarte en aquel minuto. Sólo Dios sabe todo lo que hicieron sin consentimientos nuestras almas; mientras hablábamos tú y yo de las simples y pequeñas cosas de la vida. Andábamos desamparados. Solos. Nosotros en distintas libretas de abastecimientos. Tú y yo bajo distintos cielos. ¿Será por eso que desde entonces nunca más volvió la lluvia a repiquetear en las aceras sin deletrear el milagro de tú nombre?

Alas, solo alas y tú corazón y mi corazón con grandes alas de Cóndor, andaban tocando el techo, mientras la indiferencia de tú pelo, desgajaba rumbo a tus hombros; para que yo les tejiera nido a los pájaros de mi ilusión en las curvas de tú cuello. Qué lindo hubiera sido besarte. Ese roce de los labios, el roce que sólo las balsas han sentido. Ese placer en las arenas de La Florida. Yo, analizando cada gesto, cada entorno de la mirada, cada desgarrón en la tristeza de tus ojos. Pero nada. No me diste ni una sola señal y nos fuimos cada uno con su trozo de dolor a los distintos rincones de la soledad.

MARÍA VIRGEN

Los cubanos se atribuyen casi todas las patentes. La telenovela, con El derecho de nacer es nuestro invento de radio y televisión que da de comer a millones de personas en el mundo. Tu hermano militar, estalinista o castrista o hitleriano, a fin de cuentas es lo mismo. Tu hermano imponiéndose a nuestros sueños. Tú y yo, el verdadero amor que sólo triunfa en el último capítulo, con o sin comerciales. Stalin, Fidel y tu hermano imponiendo sus criterios; pero tú y yo solo queremos amarnos y dejar correr nuestras palabras sobre el arrullo de los platanales. Allí esta Teófilo, noqueando a la "esperanza blanca" y Silvio Leonard, como un disparo por la pista de los cien metros y nosotros hablando y mirándonos como si pudiéramos grabar cada una de las palabras que nos unen, en el disco duro infinito de todos los amantes. Qué bueno sería poner nuestros nombres al lado de aquellos amantes de Verona o lanzarme por aquellas llanuras de la mancha dispuesto a derrotar cuanto molino se oponga a la gloria de tenerte María Virgen, que bueno sería esa telenovela con final feliz y no ésta amarga realidad en la que te escribo cuarenta años después de recibir tu ultima y primera carta, donde ni siquiera hubo un saludo, ni una despedida, solo una pregunta. Una pregunta como una ola enorme para tragarse cualquier justificación, cualquier pretexto: ¿Por qué te fuiste, Norge? Mi nombre en tu boca. Mi nombre en tu carta, que bello mi nombre en la sublime música de la distancia, ahora que recuerdo, no hubo nunca un beso entre nosotros, pero nunca más he vuelto a besar si no a tu boca. Qué bueno sería una novela sin esta gente terrible y absurda quitándome delante todo mi futuro de un tirón y arrebatándome tu cercanía de manera tan injusta y abusadora. Dios mío solo tengo quince años y ya se lanzan sobre mí los monstruos trituradores de mi inocencia.

Qué bueno sería una telenovela o un bolero, una canción donde dos gardenias para ti que tendrán todo tu amor y el mío y en mis sueños te colme de bendiciones.

El más campeón de los campeones de los campeonatos de ajedrez que el hombre ha visto es nuestro Capablanca, tanto es así, que ni siquiera el comunismo que padecemos logró declararlo "enemigo del pueblo" por sus conferencias y sus apariciones en la radio de Nueva York. Tremendo los cubanos, y el de la esgrima haciendo de las suyas en Francia, a punto de inaugurar el siglo en el que estaremos mirándonos los ojos con un racimo de palabras, como goteando la esperanza de ser lo que un día quiere ser cada pareja que se ama, y que nunca pudimos ser porque me botaron, comprendes ahora, expulsado injustamente, sin culpa alguna y sin nada que ver con los motivos que pondrán en aquella cuartilla desconcertante para que me fuera; inmediatamente, de todo el entorno donde pudieran encontrase nuestros ojos. ¿Dónde estarías cuando me fui?, aquel tramo de carretera hasta la curva por donde se llegaba al camino cubierto de polvo, de mucho polvo y ranchos donde las personas arrastran la misma pobreza desde el Machadato. Cuanta pobreza por aquellos caminos, tanta hambre en las miradas de los vecinos que me ven partir a escondidas, para no verte y para que no me veas, porque me están depurando para que no haya papas podridas en el entorno y me estoy yendo injustamente amándote desde ahora y para siempre mi amor imposible.

Pero me llevo un descubrimiento que tendría que arrastrar toda la vida. Descubrí los libros rusos, aquellas editoriales soviéticas con un papel impecable y tapas duras e insípidas en los gruesos volúmenes, que me arrastraron por las crecidas del Don y las planicies llenas de campesinos recién descubriéndose en la presencia de una literatura mutilada, demasiado dulce e impersonal. Años pasaron hasta comprender todo el dolor de la poesía en aquel imperio que nunca se reconoció del mal: Entones leía aquellas novelas en las que el Neva era un bastión por donde corría la gloria del pueblo soviético. Los campos roturados, el nuevo paraíso inventado por Sholojov, para dar a conocer al mundo las ventajas agrarias del socialismo, cuando todavía nuestra agricultura no estaba totalmente destruida. No te quedes ahí al viento (...) Todos aquí somos rameras, bebedores, / estar aquí como entristece. Después llegaron los libros en que los soldados con sus botas de fieltro hundidas en la nieve gritaban, ¡Por Stalin! Exponiendo el pecho a la metralla enemiga, y la sangre roja del proletariado contrastaba con el mísero fluido azul de los atacantes arios, en su inaudita perfección de pura raza. Entre los arces un murmullo otoñal exclamó: <Muérete conmigo compañera> / Yo fui engendrado por mi malvado / destino en caprichoso castigo. El pueblo multinacional era de acero, un enérgico pueblo viril, honesto, trabajador, aferrado a la gloria de la patria legada por los padres, dispuestos a defenderla y honrarla a cada segundo en el mínimo palpitar del tiempo en la garganta. Un pueblo así es capaz de todo. La construcción de la nueva sociedad, una nueva ética, nuevos valores, sólidos principios en el inquebrantable transcurrir del tiempo, en un territorio con todos los recursos naturales y una extensión continental. Un pueblo preparado para resistir, menos al comunismo, expulsado como un rayo que hiende y desciende al ver / por entre la humedecida yedra de primavera. Cuando comprendieron que no habría sido más que de un trágico otoño pobre decorado aquel intento de pasar el tiempo construyendo lo que suponían sería el futuro de una prometida tierra apartada y pecadora donde se estaba borrando, al son de la "dictadura del proletariado" el cantar silvestre de la tierra natal. Cuando nos cayó en la cabeza la noticia disimulando el sufrir de agonía (...) cantó el pájaro con trino dichoso (...) Y se fue el tiempo y el espacio se fue y se fueron tus películas imprescindibles, los libros, los dibujos animados ¿ani-malos?, a los que tanto tiempo le concedimos diariamente y nunca sospechamos las causas de aquel medio mundo cambiando apresurados sus casacas. ¿Qué tenemos nosotros que ver / con que todo quede a polvo reducido...? ni lo sabremos nunca, porque nunca se ha dicho ni media palabra sobre asunto tan peliagudo y que al parecer no será el mejor ejemplo hoy, después de haberlo sido tan excelente desde 1917, tenemos, a pesar de los estruendos, suficiente libertad, como para ocultarlo todo y un selecto grupo que consume toda la información, para pensar por el resto de la gente, que dedica su tiempo a otras más edificantes tareas: juegos de mesa (sobre todo los dados), lidias de gallo, prostitución, y tantas otras cuando tú en el momento de la media noche a través de una estrella me envías un saludo (...) y una melancolía que es la muerte. Porque después de haberlo jurado tantas veces, no seguimos siendo hermanos. Nos dejaron solos. Al alba te llevaron, / como a un entierro tras de ti mi salida. Ya en la crisis (de octubre) de los cohetes lo habían hecho, dejarnos a nuestra suerte, sin amparo, dispuestos a gastarnos la dentadura masticando carne rusa exquisitamente preparada con trozos de los intelectuales presos en Siberia. Esto fue cuando el que muerto estaba / sólo sonreía, de su paz alegrado, (...) El marido en la tumba, el hijo en prisión, / rezad por mí una oración (...) pero cuanta vida inocente allí fenece (...) ya no sé diferenciar / quién es la bestia o el hombre. Otra vez el arte, una vez más los que piensan, sueñan y pulsan el planeta, mientras la vida transcurre, cediendo su integridad a las garras de sus nuevos dueños, los poderosos, los nuevos consumidores eternamente tragando. La espiral. Todo vuelve, aunque no te bañes en el mismo río. Aún nuestra libertad de expresión ¿es-prisión? Y con todo el respeto a los derechos (es decir sin jorobas) del hombre que disfrutamos, no se puede decir que perdimos, ni podemos admitir públicamente que ganaron, nuestra libertad debemos emplearla en cuestiones más productivas, mientras esperamos una espera esperanzada en aquella esperanza que sirvió para medio mundo y que no llegó nunca a nuestras costas, confirmando, otra vez, la veracidad de la "falsa teoría" del fatalismo geográfico. Cayó la palabra petrificada / en mí pecho vivo todavía.

Ana, me removía el corazón con sus palabras a prueba de hierro y fuego. Yo, que nunca creí en la prensa imperialista, en los chismes y comentarios de los enemigos del pueblo, verme después envuelto en la versión tropical como "enemigo del pueblo" tropicalizada como "problemas ideológicos". Tu voz, Ana se graba en mi conciencia y voy creyéndote las palabras mientras el cadáver de tu esposo, el encierro terrible de tu hijo Lev y tu propio dolor transcurre por mis venas, mientras desgranas ante la vista del mundo, lo que para tu pueblo significó la "dictadura del proletariado". Me duele Ana. Me duele Ana Ajmátova, tu cuota de dolor en la distancia. Y me admira que: No, no bajo un extranjero firmamento, ni bajo el amparo de extranjeras alas —Estuve entonces con mi pueblo, donde mi pueblo, por desgracia, estaba.

LA TRAGEDIA

La tragedia de rasurarse. Cada mañana o en la noche anterior, dejar el rostro sin la huella de barba. En un país donde el símbolo de las libertades era la barba y donde el líder supremo, "hermano número uno", el dueño de cada casa y de cada cosa había jurado no afeitarse jamás, estaba prohibido para todo ciudadano usar cabello en la cara. Durante años guardamos las hojillas soviéticas después de usarlas y fue esa reserva insospechada la que nos salvó en aquella crítica situación a la que habíamos llegado por la caída de la Unión Soviética y el llamado campo socialista. Afilarlas en un vaso de vidrio, frotarla en cuanta piedra o esmeril fuera posible se convertía en la rutina desesperante a la hora de improvisar para rasurarse, cuando el estar afeitado era condición Sine qua non para poder entrar al Instituto Preuniversitario Anacaona, a ganar el sustento explicándole a grupos de incrédulos adolescentes la superioridad de las ideas y la economía socialista sobre la barbarie capitalista llena de autos y de estrellas del rock. Afeitarse era la tragedia, por la ropa no había que preocuparse al escogerla porque sólo había una muda o dos para un sector al que jamás se le pudo ofrecer el tan ansiado uniforme de trabajo. Hoy recuerdo a cada docente, cada profesora o cada muchacha transeúnte del poblado con su única muda de ropa para cada ocasión.

Otra cosa terrible eran las visitas desde la Dirección Municipal. Llegaba todo un racimo de inspectores, metodólogos y especialistas dispuestos a lincharnos colándose por el más mínimo resquicio que hubiera quedado en el abultado paquete del papeleo establecido por las incontables resoluciones ministeriales, directivas y cuanto mandato se le hubiera ocurrido a alguien en las altas esferas del poder. El día de la visita del Municipio o de la Provincia cada cosa tenía que estar impecablemente "como estaba establecido" para cada papel, para cada documento el visitante, gente muy sabia, tenía un centenar de observaciones y sugerencias. Quince, veinte o treinta años de experiencia en la docencia no significaba nada. El jefe, recién iniciado o lo que fuere era la voz del partido, por lo tanto las cosas estarían bien hechas sólo si eran de su agrado, cosa que casi nunca se lograba, o de lo contrario la evaluación normalmente era mala y por lo tanto se afectaba nuestro salario y todo lo demás.

El día de la guardia. Cada semana era obligatorio un día de guardia. Todo un equipo de docentes que, además de cumplir meticulosamente todas las actividades, y sin pago extra alguno, tenía la obligación de encargarse de toda la organización de la vida en la escuela. El horario docente, las formaciones, la partida de unos para el aula y los laboratorios y de otros para el campo a las labores de la agricultura en las que, además, era obligatoria la participación de cada docente una vez por semana.

EL PASO AL FRENTE

No, no, no, no y no. No te puedes poner a inventar. Tienes que metérsela. Cuando una hembra se pone pa' ti, tienes que metérsela, o todo el mundo va a ponerse a decir que eres maricón. A nadie le importa que estés enamorado de María o de quien sea. Cuando una hembrita se pone pa' tu cartón, hay que dar el paso al frente, como si fuera una de las tareas de la juventud comunista o de la FEEM, como esa de recoger boniato a punto del medio día cuando los ojos de Pilar se ponen de un verde intenso como si fueran a volar sobre el Mar de los Sargazos y desaparecer contigo en el Triángulo de Las Bermudas.

A Pilar se le muestran los ojos con los colores más jodedores del mundo y la voz le suena como a aquellas que intentaron seducir al rey de Ítaca, que el muy tonto, mandó taponear los oídos de sus marineros, sólo por el afán de llegar a un terrón árido y rocoso en el mar; con un montón de ovejas y Telémaco esperándole. Porque en ese momento él no sabía si Penélope le estaría esperando tejiendo y destejiendo o si estaba, como Pilar, con los ojos más lindo del mundo, pensando en otro. Mientras el tonto de yo; soñando con sus ojos y sus tetas. Tan buenas tetas para criar los hijos que ojalá fueran míos; pero no, no serán nuestros ni de Paqui, el hermano de Yamil, sino de ese otro con el que un día se aparecerá casada. Cazada y seducida, al tiempo que le escribía versos y lanzaba suspiros al Olimpo de los poetas.

—Pues mira, tienes que hacer el papel de hombre.

—Dame acá un cigarro.

—La que está puesta pa' ti es ella. Así que es a ella a la que tienes que meterle mano, y deja la cantaleta de que si el amor, que si los ojos, que si to' ese *cuentereteo* y mete mano, que si no, la bola e maricón va a volar por tos laos. Además, yo se la metí y es riquísima, la tiene más grande que el mundo y como mama de rico. No, rico pa' mí no. Rico pa' cualquiera, tu vera.

¡NO ME MATE SEÑOR!

Era una de esas mañanas llena de luz como sólo puede ocurrir cerca del Trópico, donde los rayos del sol llegan con su perpendicularidad de espada de Damocles desprendida y se disuelven sobre la vegetación, los pájaros y las mariposas. Nada hacía pensar que la muerte llegaría en cualquier momento y que sólo unos minutos nos separaban de las súplicas del fugitivo.

Como una sombra fugaz cayó desde el techo y se metió a toda carrera en la casa principal. A los pocos minutos, derribando puertas, llegó la policía. Eran muchos, dentro de sus uniformes, pistola en mano husmeaban cada rincón de las habitaciones, los montículos y matorrales del patio.

—Apártate de la puerta y tírate en el piso. Me dijo el policía, con sólo unos pocos años más que un bachiller. Obedecí y desde el refugio de mi habitación pude escuchar las súplicas del apresado.

—No me mate señor. Por favor, no me mate.

Casi enseguida escuché los dos disparos que me quitarían el sueño y la tranquilidad por semanas. Cuando todos se marcharon salí al encuentro del soplo de la brisa y observé cómo, a toda prisa, un montón de moscas y otros bichos se hartaban en el charco de sangre, seguramente aún con todo el calor de la vida bullendo en sus entrañas.

No es la lucha de clases. No hay un combate digno ahí. Son jóvenes que asaltan y atropellan. Pobres despojando a los pobres de lo poco que llevan en sus bolsillos. Es una vida indigna y una muerte inútil en éste mundo absurdo al que llaman moderno. La última huella del malandro en la Tierra quedó en el titular de la prensa al día siguiente: Fue dado de baja —Decía en letras negras— un antisocial, en un enfrentamiento con las fuerzas del orden.

EL CALABOZO DEL REGIMIENTO

—Soldado. Diez días para el calabozo del regimiento. — ¿Y eso por qué, sargento? —Dice el jefe, que usted estaba poniendo en peligro su vida desde esa posición. —Pero sargento, usted me dijo que… —Nada; soldado. ¡Pal calabozo del regimiento! Usted es propiedad social, un medio básico del ejército; activo fijo tangible para la contabilidad de la patria que lo necesita para los planes futuros. No, sus planes no, para los planes futuros de la Revolución. —Planes futuros, planes de tomar Angola, tomar Etiopía, tomar El Congo, tomar Namibia, tomar Suráfrica, liberar a Mandela, para que pueda ser bandera de la derecha internacional, cuando desaparezca la izquierda como banda de políticos. Soy soldado y tengo que estar listo porque están matando a muchos y aún el enemigo tiene municiones, y quieren más para matar a más y nuestros gloriosos oficiales "que la patria os contempla orgullosa" trafican pieles, marfil y diamantes; drogas y maderas para acumular mucho dinero que envían para sus familias, discretamente colocados en el vientre de los cadáveres que fueron hombres y pasaron años en la selva sin recibir una carta de su amor, esposa e hijos con un instructor del partido para atenderla y embarazarla y quedarse con ella cuando no se sabía "a quien avisar en caso de muerte y la posibilidad real del hecho nos golpeó a todos", y el Comandante crecía en su fama "como no brilló jamás un estadista" pacificando el África, con mercenarios a conciencia dispuestos a "saldar nuestra propia deuda con la humanidad". ¿Cuándo adquirimos esa deuda con la humanidad? ¿Es que la humanidad tenía que cobrarnos algo, a costa de miles de cadáveres?, ¿Acaso la humanidad cobra con muertes las deudas que con ella se contraen? Entonces la humanidad es una devoradora de soldados a cuya enorme y sedienta boca, iré a parar como aquellos cubanos mercenarios, sin sueldos de mercenarios que dan su vida para que la Revolución prepare el camino a las empresas norteamericanas, y que los yanquis hagan sus grandes negocios, sin ninguna grandeza ni migajas para Cuba.

— ¡No se quede ahí, está lelo soldado!

—Sargento, siempre nos han dicho que hay que estar dispuesto a arriesgar la vida por la patria. Y ésta es una obra de la patria y no hay como subir la mezcla. Y estamos haciendo un baño en la cuarta planta. Y se necesita mezcla. Y esa es la única manera de subirla. Y como usted dice ante cada situación, el guardia inventa, Y...

—Soldado, hoy había que arriesgar la vida sin que el jefe de regimiento lo viera.

— ¿Por qué hoy no sargento? —Apuntó el dedo pulgar hacia su boca, en clara alusión, a que el jefe de regimiento seguramente se hacía acompañar en aquella hora de algunos buches de ron en el cerebro.

¡MÁTALA!

— ¡Mátala! ¡Mátala! Vociferaba inquisitivo al matón, dando acelerones a la moto y proyectando la voz desde la acera hacia el pequeño negocio, escogido al azar para comenzar los asaltos del día.

— ¡Mátala, mátala "mamagüevo"! Chillaba el energúmeno desesperado como quien siente la proximidad del último segundo de algo. Tras el mostrador, su compinche en el asalto sostenía una pistola apoyada a la sien de una señora con cerca de sesenta años, que se resistía, en su estupor, a admitir que ese podría ser el instante final de sus sacrificados días. Aunque había entregado el magro puñado de billetes, trabajados en su larga jornada cotidiana, aquella voz desde la calle se empeñaba en imponerle, una sentencia de muerte, sin la más mínima justificación en toda una vida de sacrificios.

Matar a una persona le cambia, al malandro, su estatus dentro del enrevesado sistema de categorías que predominan entre las bandas de maleantes, en las entrañas de una sociedad que se sostiene permanentemente bajo un clímax de terror. Una civilización fallida. Un pueblo que apoya su existencia y realización en el culto a la cerveza, las drogas y la flojera; que es el término con el que se disimula la cultura de la vagancia, cultivada por siglos, y ha subordinado su cotidianidad al peligro de permanecer sometidos a las fuerzas del mal. Terminar cada jornada a media tarde y correr todos a casa a recibir el amparo de la televisión tras los barrotes.

— ¡Mata esa "*hijeputa*"! El sicario, la señora y la pistola parecían un conjunto escultórico de mármol negro, plasmándose en la pupila de aquel impositivo juez dictando sentencia sobre la vida y la muerte de una persona de la que, hasta ese momento, jamás tuvo noticia alguna de su existencia.

Ya no quería dinero, pues la mujer entregó todo. Ahora quería sangre. Este es el momento de la emoción. El instante en que el martillo golpea al fulminante que prende la pólvora para hacer los gases. El incendio haciendo lo suyo en el embrague y desde la cámara el proyectil. Tras el impulso de los gases el plomo inicia la trayectoria hasta romper el hueso en la frente para celebrar el festín de su encuentro con la sangre.

Si hubiera sido un cohete de la NASA, partiendo hacia la Luna, todos los televidentes del mundo estuvieran pendientes, a esta hora, del conteo regresivo. Pero no. Era sólo una humilde señora, en su puesto de expender arepas y jugos, una nueve milímetros con súper peine y un malandro que, por su edad, perfectamente, hubiera podido ser su hijo o su nieto.

— ¡Mata esa "*hijeputamamagüevo*"!, no joda ¡"*coñoemadre*"! Desgañitó la voz en su ronquera, rompiendo lo que podría ser la voz en alarma de unas sirenas a lo lejos.

— ¡No puedo! Gritó la estatua desde la escena con pistola.

— ¿Por qué coño no disparas?

— ¡No puedo, no puedo, no puedo carajo! ¡Se parece mucho a mi mamá, no joda!

Minutos después pasé por el lugar y el miedo, como una densa niebla, lo cubría todo; y a todos.

PUÑADO DE ESTRELLAS

Desde algún lugar del cielo, un puñado de estrellas nos miró caminar por la soledad de aquella avenida en la media noche. El año estaba dando sus primeros pasos. Estábamos a menos de cien metros de mi habitación; unos pocos metros cuadrados donde se atascaban libros, manuscritos, una cama personal y un cenicero repleto de colillas y cenizas. Sólo cenizas. Antes de la última palabra y el primer beso creí distinguir la blancura de unas calizas, dejadas allí para la futura construcción de algo. De alguna manera, hasta hoy desconocida, las ropas dejaron de ser obstáculo de nada. Desde todas direcciones llegaban cantos y voces desconocidas. El mundo había dejado de ser indiferente y mi lengua no podía perderse una hendidura. Cada estertor justificaba los milenios de espera hasta aquel año. De pronto cobraba su verdadero valor una razón para estar vivo. Desde algún infinito se juntaron en mí todos los flujos volcánicos que fueron, entre espasmos, a parar en sus entrañas. Si hubiera sido una película, en ese momento llueve. En octubre, nació mi primer hijo.

EL ODIO

El odio y el amor son dos sustancias, aunque Dmitri Ivánovich Mendeléyev, no los haya incluido en su Tabla Periódica de los Elementos, y quizá no dejara espacios para su demostración o descubrimiento futuro. Antes de los diez años de edad, además del asma pertinaz, tuve que enfrentar un prolongado padecimiento, lo que obligaba a mi padre a llevarme hasta los servicios médicos de la cabecera urbana que, muchos años después sería Municipio. Y de allí, muchas veces, continuar hasta Camagüey, por la complejidad del asunto de que se tratara. Eso nos obligaba a pasar noches, ya el gobierno había proclamado la desaparición de los hoteles, en casa de algún pariente.

En Camagüey teníamos al primo Nene Aristónico y su esposa Julia, magnifica cocinera, cariñosa y amable. La pasaba bien jugando con Nolbertico, osado como todo muchacho de ciudad, y las niñas de la casa, creo que eran dos, ahora solo recuerdo a Isabelita.

En Elia teníamos la casa de Lolo. Tío y padrino, aunque nunca se lo tomó muy enserio. Pero junto a Tita, su esposa nos atendía como a príncipes. Todo era cariño en aquella casa y con el buen trato manjares a la hora de la mesa y golosinas, además sobre todo, el televisor. A mi barrio de Santa Rosalía habían llevado un televisor, la primera vez que lo vi puesto fue una tarde en la que pase por casualidad y en la sorprendente pantalla luminosa se veía unos niños meciéndose en un columpio. En casa de tío Lolo había televisor, quizás fuera el único en todo el barrio y uno de los pocos en el pueblo. Después llegaron muchos y hubo, primero en pequeños parques diseminados por algunos barrios, y después se comenzaron a ver antenas en muchas casas de vanguardias de la zafra, mejores trabajadores en el sindicato, gente con cargos o con mucha influencia. También mi padre, entregado en cuerpo y alma a su trabajo se ganó el suyo, y tuvimos televisión en casa algunos años después.

Otra cosa era quedarse en casa de Tía Chilín. El trato era correcto y la atención adecuada, pero fría. Siempre estuvo pendiente la espada de nuestra condena, ser los hijos de Eliodora. Tía era medida y adecuada pero siempre la sentí, aún después de grande, distante e inexpresiva. Todos nos acostábamos y la casa quedaba en penumbras. Silencio total en un poblado donde todos nos íbamos temprano a la cama. Pero yo no dormía. Había algo en aquel ambiente que no me dejaba descansar tranquilamente y pasaba toda la noche a la expectativa, como si tuviera que vigilar a alguien o esperar algo que llegara desde la penumbra. Y cuando las sombras de la noche estaban a punto de llegar a la cima de la montaña que recorre desde el atardecer hasta la mañana, con un escandaloso estruendo destrozaba el cristal del silencio el rugido del tren, resoplando como un dragón gigante que se arrastraba sobre los rieles. Años después supe que el tren era una mole de acero que nunca cumple su horario para surcar la noche. Un enorme animal que solo se detiene por segundos en los pueblos para tragar viajeros, momentos que aprovechan otros para escapar de aquellos rígidos asientos de madera o metal, atmosfera de petróleo quemado que, desde las chimeneas en la cabezota, llega hecho humo a los pulmones. En su panza, los viajeros pasan horas sin un trago de agua o una merienda. Orinar o lo que se necesite, ocurre tras unas puertas en un lugar que jamás conoció una limpieza y cada golpe de puerta le recuerda a las narices que no solo a primavera huelen los desechos humanos.

Lo primero era el sonido de la rueda metálica estremeciendo las traviesas del soporte de los rieles; después ya en la eminente llegada, la sirena haciendo de ese instante en la noche la inundación en la que en todas las casas durmientes quedaban sometidas a la mar del pitazo en la madrugada. La estación estaba a menos de cincuenta metros por lo que las válvulas liberando la presión del aire comprimido, las voces de los empleados intentando superar el sonido de los motores, el pito y el arranque para continuar viaje, ocurrían prácticamente sobre mi mosquitero. El estruendo, las voces y el tren todo se iban alejando abriendo su enorme túnel en la quietud de la oscuridad y yo seguía despierto o quizás dormido y soñando con los miles de trenes que pasarían por mi vida a lo largo del tiempo.

CHIVATO

—O me dice quien estaba con usted sobre la oruga, o lo mando a cortar caña. El capitán miraba como si fueras un mojón cubriendo el dintel de la puerta de su oficina. A los docentes no se les debía involucrar en acciones militares. Para ello se expedía una carta de aplazamiento. Pero se cumplió sólo con los hijitos de papá y algún que otro niño lindo o suertudo que de ninguna manera era tu caso. El hijo de Eliodora y el barbero. Además, las tropas cubanas en sus guerras de conquista en África estaban sufriendo duros reveses; por todo lo cual, terminaste en aquel campamento en las cercanías de Camagüey, para prepararte como tanquista. Ese domingo estaba prácticamente vacío el campamento. Te habías sentado en el puesto del conductor del tractor oruga que servía de práctica, para repasar las velocidades y los pasos para la lubricación, encendido y puesta en marcha. Desde el asiento auxiliar, fue Isidro, el hijo Chicho, el alcalde o presidente del Poder Popular, quien te propuso que le dieras movimiento al enorme equipo.

—Estaba solo. Le dijiste en un intento de que se olvidara del asunto.

—No, contigo andaba otro. Lo que el campesino sólo te reconoce a ti.

—Bueno, forme la tropa y pregunte. El que sea que salga por su voluntad. No voy a denunciar a nadie.

—Pues, entonces entregue las pertenencias del ejército y abandone el campamento. Ahí comenzaron las preguntas para las que nunca tuviste respuestas nunca. El mismo oficial que te estaba entrenando para ir al combate te pedía que fueras un soplón. Un chivato de tu compañero. Denunciar a tu hermano de batalla en una acción que no había tenido ninguna trascendencia más que el gasto de unas gotas de petróleo en el momento en que nos llegaba combustible hasta para usarlo en el lavado de las maquinarias. Con tu denuncia los expulsaban a los dos. Te fuiste sólo. Tres años de castigo hacia los cañaverales de las extensas llanuras por las que galopó El Mayor; aquel diamante con alma de beso. Aquellos potreros donde fue rescatado Sanguily, se acostumbrarían a tus pasos, mocha en mano, por la espartana posición de no haber delatado a otro soldado.

Años después, cuando llegó de la guerra con todas las secuelas de quien ha dialogado con la muerte, fuiste a verlo. — No te perdiste nada bueno. Te dijo al finalizar el abrazo y mirarte a los ojos. Esa guerra no tiene nada que ver con nosotros. Ni siquiera los más pobres nativos que son atendidos por nuestros médicos y alfabetizados por nuestros maestros, nos quieren allí. Todos permanecen alertas; atentos a la primera oportunidad para joderte. Detrás de esa guerra, para nosotros sólo quedaran las consignas y los cadáveres, de los que vi muchos. Y para ellos, los de arriba, grandes negocios de maderas preciosas, diamantes y marfil. El enemigo no tuvo compasión de nadie. Nosotros tampoco.

EL GRAN ERROR

Hasta ese momento pensé que el gran error de mi vida había sido no quererle tanto y tan rápido como quería. Ya sabes; esa manera lenta de querer como si estuvieran cómodos y mullidos los zapatos. Ese no preocuparme las camisas, el chanchullo de los vecinos, el juego de dominó y las cervezas. De nada sirve el fuego. Quizá siempre lo supe y por eso fue tan a pedazos la partida. Alguien me había hablado del lado frágil de lo heterosexual; ellas están contigo —decía la voz— hasta que aparezca algo mejor. Y apareció. No por ello voy a sacar cuentas. Hoy quizá sea bueno recordar, aquel bolsillo en la guayabera de tu novio, en las que vi llegar las llaves de mis cadenas. Y entonces el mundo fue grande, redondo, y con una luz más fulgurante que tus ojos.

LA IGLESIA CATÓLICA

Una palabra no lo es, porque un grupo de grafemas decidan juntarse en un renglón, una palabra no es por los colores o los olores que pueda describir, si las reunimos para que se acompañen unas a otras. No; hay muchas veces, en las que, aunque las letras se muestren flotando, en la atmosfera del pensamiento, no son capaces de reunirse para decir lo que puede sentir el ser humano cuando está siendo despojado de su dignidad. Uno no sabe cuándo y en qué momento deja de ser el hombre que ha sido hasta ese momento, en que por primera vez se le llena de odio la conciencia y no aparece la palabra para definir aquel desprecio por todo lo que le rodea, y lo que hasta ese lugar y ese momento te ha llevado. Y como no aparece la palabra que pueda aprisionar toda esa amargura, cuando aún no llegas a tus veinte años y toda la maquinaria de tu país se confabula para destruirte y dejarte en algún rincón del tiempo, encerrado en el cuero terrible de tu dolor tatuado de nombres y consignas; es ese el justo momento en que tus uñas van a la pared y comienzas a hacerte las preguntas que nadie podría haberse imaginado, se instalarían para siempre en toda la extensión de aquellos desafueros. Ese es el momento en que el hombre deja de ser lo humano que nos imponen y comienza a florecer la fiera que nunca más nos dejará ser de otra manera. Odio e impotencia por todos y por todo, es el primer aprendizaje que te deja un encierro y toda la humillación de los grandes verdugos de los libros de historia y los cargos políticos, dispuestos a gastar lo que resta de tu inocencia. Un verdugo no te anda con rodeos, él quiere que tu no seas lo que has sido hasta ese momento en que logra ponerte las manos encima, el verdugo quiere que tu olvides tu noción de cielo, esos cirros estirándose bajo el fondo azul purísimo de los atardeceres, quiere el verdugo que tú los borres y es en medio de esa mal oliente oscuridad, agazapado ante el acecho permanente de la desgracia, en la que el preso tiene la obligación de inventarse un cielo y es entonces el encierro una ventaja que tu empiezas a aprovechar en tu favor, es ese, el justo instante en que empiezas a colorear tu cielo particular que no pasa de la accidentada superficie del techo, pero que tú le puedes dar los matices que te parezcan adecuados para recordar aquellos momentos que te hacían humano, que te hacían feliz con un vaso de cerveza o besando a María Antonia, junto en el dintel de la iglesia católica.

La iglesia católica tiene unos muros altos y un campanario, estuvo pintada hace muchos años, cuando el cura era espiado en sus lecturas y meditaciones por jóvenes mancebos en el cuarto de atrás. Pero ya no, ahora tiene pedazos amarillos y algún ribete que fue azul en tiempos de esplendor; con cura fijo, jardín y Lola era joven y soltera, siempre fue soltera, pero dejó de ser joven haciendo favores a la gente y dando los buenos días, todas las mañanas de su vida seca, criando sobrinos que terminaran llevándola para allá, donde Jesucristo mantiene las tiendas llenas de cosas y carros con el tanque repleto de gasolina, como aquí, para los jefes.

La iglesia tiene una puerta ancha, y un paraban que no te deja ver lo que hacen allá adentro tanta gente, con su ropa recién planchada y su pelo sin el brillo que sólo Palmolive sabia darle, porque ya Palmolive se fue para otra parte del paraíso prometido, y al parecer los rusos no hacen grasa para el cabello. Ellos la llevan por dentro como las focas, que en el ártico pasan sus días leyendo los discursos de Stalin y libros, así gordos, de los clásicos alemanes, que esos sí saben cómo se llega a la felicidad, sin andar portándose bien ni nada. Que te ponen a robar y a guataquearle a los jefes, y llegas a ministro de salud sin saber para qué sirven las aspirinas, que por cierto nunca hay, ni alkaseltzer, hasta que no vengan de allá esos ricachones que se fueron hace tiempo, y ahora les construimos hoteles y los esperamos con actos políticos, y nuestras muchachas, preparadas para lo que sea en cuanto lleguen y se les pare; porque lo importante es seguir adelante con ¿nuestro proyecto?

Detrás de la mampara, dos filas de bancos largos y pulidos. En las paredes hay unas estatuas de dioses con rostros inocentes y desconocedores de lo que sucede tras los muros, y dioses que han sufrido y que fueron mal tratados por los hombres, como a nosotros; pero no pueden verse. Es mejor ir a Camagüey, que allá no te conoce nadie y como es tan grande no tienen tanta gente para vigilar a todo el que entra, ¿O sí tienen? además, la iglesia es muy grande.

Abrazo fuerte a María Antonia y comienzo a tomar todo aquel manjar que, gracias a Dios y a nuestros quince años, teníamos todo lo imprescindible para acabar con cuanta manzana y serpiente se nos aparecieran. Tiene que ser allí, porque dice el eterno presidente del poder popular, "Chicho el Rey", que nunca tuvo una limosina ni un rolls royce, pero los dos jeep y el único Lada que caminaban en el pueblo estaban bajo su égida, que no se pueden construir moteles, que los recursos son para construir monumentos para cuando traigan los cadáveres de Angola. "Cadáveres amados los que un día" partieron llenos de juventud a la conquista de "nuestro espacio vital" para que Cuba no fuera nunca más la llave de América y pasara de una vez por todas a ser la llave del mundo. El más moderno emporio colonial, y para construir trincheras, porque el enemigo amenaza llenarnos las cachimbas con música de Celia Cruz, Matamoros, Coca Colas y Mac Donalds. Además, eso de acostarse en parejas no está orientado por los soviéticos y aquí nadie se ocupa de eso, ni se ocupará. Que nuestro presidente que nunca lo eligieron y que es el primer secretario de todo y el primer ministro y el primero en todo y el último en todo, no tiene mujer, ni hay quien le conozca ninguna y que gracias al tiempo de Batista porque si no, ni hijo tuviera y el único que se le conoce lo hizo gracias a Batista y los batistianos con sus hijas bonitas, un bombón sacado de la bombonera o escuela de chicas en La Habana. Y los hijos ya se sabe, serían otros en la libreta de abastecimientos, además otra víctima del bloqueo y que eso de andar en parejas distrae a la juventud de la tarea fundamental, la construcción del socialismo, por ahora, porque pronto empezaremos a construir el comunismo y entonces sí que se prepare el pueblo, que la cosa es para largo. Y como no hay posada ni motel, ni la gente alquila casas a escondidas pues somos socialistas y esos son rezagos del pasado, los tenemos que ir erradicando y suspender toda actividad sexual, los niños que los manden de Moscú, esos si vienen bien puros, puritos y con sangre totalmente roja, como su bandera y el pedazo de la Soyuz, dándole la vuelta a la tierra en pocos minutos, mirando hacia abajo, hacia la iglesia de mi pueblo con el techo roto y sin jardín, en cuya puerta tengo a mi amor casi desnuda con tremendo problema ideológico húmedo entre sus piernas, ofendiendo a Dios y al partido, porque tiene que ser en un lugar así, sin flores ni agua fresca, con el eterno perfume de la noche, un lugar como no le gusta al presidente. Pero tiene que ser porque queremos.

RABUJA

Su cara era el horror que dejó Goya fuera de los lienzos. Los ojos rojos, con toda la huella del alcohol de bodega y el hambre del día a día, era el odio hecho mirada que fluía de sus ojos a mis pupilas que no alcanzaban los doce años de edad. Aquella negra bola de mugre hedionda, con una chaqueta verde olivo, que un día debió llamarse Felipe Revuelta se apareció un fatídico día en las calles del pueblo, sin equipaje ni talante humano, pidiendo que lo dejaran trabajar en el duro oficio de reparar las vías del ferrocarril azucarero, en aquellos convulsos años cincuenta del siglo veinte.

Nunca se le conoció familia. No busco alojarse en las cuarterías del central, ni alquiló espacio alguno. Primero lo recibió la intemperie en un lateral del local que ocupaba el sindicato azucarero. Después se le vio instalarse detrás del primer bar que tuvo Oscarito Rodríguez, en la calle que usualmente usaba la muchachada para sus juegos de pelota, las bolas, los trompos y lo que por cualquier razón entrara en temporada para divertir a los muchachos que aprovechaban la sombra de la abundante arboleda.

El Rabuja se abrigaba en las noches con sacos de yute y papel de periódicos, además del calor de su inseparable compañera; una perra sata que se llamaba Cochise y también se calentaba con alcohol de bodega mezclado con pedacitos de jabón Palmolive, para darle olor, sabor y el color verdoso en una botella que siempre portaba escondido en sus andrajos. Cuando llegó al pueblo ya era alcohólico, extraño en su comportamiento solitario e introvertido. Aunque siempre uso un cuchillo mohoso, como única arma defensiva, hasta el fatídico día nunca atacó a nadie. Después de la dura jornada se dedicaba a hacer pequeños trabajos al dueño del bar o favores a los vecinos a cambio de alguna comida o unos pocos centavos.

Antes de ir para la escuela donde cursaba el sexto grado Adolfito Otero, cumplía el encargo de su madre, ciega ya por esos tiempos, a causa del cáncer que había atacado su cerebro. Buscar la leche a la tienda de Manuel Pérez.

Algunos bellacos habían estado sonsacando al mugroso. Le decían loco y algunos le vertían agua para molestarlo y luego corrían a perderse entre las personas que poblaban el inicio de la mañana hacia todos los rumbos posibles. Bufando por la carrera tras algunos que llegaron hasta la tienda, bajó Rabuja los escalones hasta el mostrador, dónde ajeno a su destino esperaba el niño su recipiente con la compra cuando el osco cuchillo entro en el cuerpo rompiendo la carne para tronchar su vida. Había sido todo tan rápido que nadie pudo salir del estupor de la sorpresa e impedir el crimen terrible. La bestia corrió a su madriguera donde fue capturado y llevado hacia los calabozos de la policía.

Pueblo pequeño, enorme acción criminal, la consternación llegó a cada casa. Teníamos miedo. La fiera había probado la sangre y su sed podría incluirnos a todos y cada uno. Las autoridades no daban noticia ni modos o procederes. No hubo más juegos en la calle. Todos hablaban y todos callaban el suceso hasta los murmullos. Hay quien dice que hubo juramentos de las familias sobre la tumba del niño, que por error había perdido la vida tan cruelmente asesinado.

Cuando aún no habían concluido los novenarios ya las autoridades se habían desentendido de la tragedia familiar y esa mañana casi frente a las oficinas del correo, se encontraron el abuelo del niño muerto y la fiera sanguinaria. El viejo sólo atinó a aferrase al filoso cuchillo que le acompañaba a su trabajo de panadero. Como un relámpago en el impacto de las miradas ninguno de los dos tuvo tiempo para pensar en nada. Fue más rápido el dolor del abuelo que la defensa de la bestia y al instante la mancha de sangre prieta y abundante dibujaba en el piso de la acera el mapa de la justicia. Algunos minutos después, la tranquilidad general volvió a reinar en todo el pueblo.

THE BEATLES

Ese día no pensé que la maestra se iba a mostrar tan disgustada, y mucho menos que iba a llamar al director y armar toda esa algarabía, ¿Quién fue? ¿Quién fue? Preguntaba histérica, pero nadie habló. En este grupo de quinto grado, sí que no había rayadillos traidores, como ese que le dio los tiros nada menos que a nuestro Martí, y que luego, por si fuera poco, solicitó al gobierno español una paga extra por lo que consideraba su hazaña, según cuentan. Nada menos que arrancarle la vida al poeta de los Versos Libres. Ni chivatos que tanto daño hicieron a los que anduvieron para arriba y para abajo haciendo la guerra. Aquí nadie habló.

Lo digo ahora porque han pasado muchos años. Ya nadie se acuerda de eso, por desgracia, los cubanos en nuestra benevolencia olvidamos muy rápido e incluso perdonamos a quienes, en su prepotencia, ni siquiera se disculpan por los errores (horrores) pasados y presentes. Y a lo sumo, le damos salida con un poco de choteo, que es como le gusta a Mañach, decir sobre nuestras manías para disimular el miedo o la rabia con la risa.

El pobre Tito murió hace algunos años, así que nadie lo va a poder condenar, y también murió su mamá, tan cariñosa. Y Lorena, que no la conocí hasta la secundaria, la eterna novia de Carly, el gordito de la máquina que vive cerca de Evelito tan novio de Maribella, en la que un día iremos a la playa a retozar que somos balseros, despedirnos con alegría desde la arena, tomando cervezas, contentos de salir de una vez por todas de esta ratonera con problemas ideológicos donde nos joden la vida, de una vez por todas, nunca lo supo. Ni Lisbet que era chiquita, aunque después se hizo grande, la muchacha preciosa, siempre con ojeras y un cuerpo lleno de curvas grandes y estrechas en momentos, pero muy peligrosas porque si el viejo Lachicott me hubiera sorprendido mirándole con ganas a su hija chiquita, hubiera sido hombre muerto. Esa es para que el flaco del *moskovich*, que se la lleve a Pinar del Río y la pondrá a parir. Tenía que conformarme con que me lavara los oídos con alcohol boricado, tocándome la cabeza con sus manos de princesa, que me envolvía con su atmósfera sin perfumes, más sublime que la de una princesa de las revistas extranjeras, vistas a escondidas porque si llegan a sorprenderme mirando eso, me joden. El grupo estaba tranquilo, en un rincón junto a sus muletas Juan Carlos Medina, el que pronto veré partir desde la cerca de cabillas de la terminal vieja, que ya no será más nunca el hotel de Armengol, porque ni la nueva sociedad ni el hombre nuevo necesitan hoteles, posadas ni lugares para hacer el sexo o la lujuria. Se va junto a su abuela Eloísa la peluquera, para el imperio, a una ciudad lejana en el campo enemigo, desde donde no se puede venir nunca más. Como es mi amigo no voy a despedirme, porque hay muchos familiares. Tengo un nudo en la garganta, hay gentes mirando. Todo el mundo quiere despedirse, porque el que sale es de a viaje y no puede regresar más, ni escribir, ni mandar nada. No es como ahora, la gente traiciona a la patria, pero a sus familias y amistades les mandan dólares desde el extranjero, para que el gobierno pueda seguir sosteniendo al país. El enemigo imperialista es ingenuo, no le preocupa que cuando estén allá trabajando, lo traiciones, mandando dinero para sostener al comunismo y éste, al mundo entero. Cierto que nunca más lo he visto, ni en fotografías. Nélida Terga, siempre a mi lado, mi novia sin que yo lo supiera, su novio, aunque esta permanente timidez nunca me dejó decirle. Nélida con esa piel "que busqué en todos los Buses de la ciudad sin encontrarla" y aquel pelo cayendo, Salto de Ángel permanente durante más de treinta años, guardando su recuerdo como un Cronopio dispuesto a bailar carratalá y rumba, en cuanto aparezca. Porque un día tendrá que aparecer.

El baño, con un olor que sólo se logra en la nueva sociedad. Desechos de los "proletarios(,) de todos los países uní(d)os" en esa mezcla permanente que bien puede parecer el vómito de un dragón o un extenso discurso, hacia el mediodía en una plaza de julio, por ejemplo, sin un cartel ni nada que altere la tranquilidad del día, ni la tibia paciencia de Nélida, acariciando la punta del cuello de mí (única) camisa, de caqui gris, la misma que mi madre tenía que lavar y planchar durante la tarde para poder salir por la noche con camisa limpia a alguna fiesta, repasos escolares, descarguita, quince, o lo que se presente.

Todo estaba tranquilo hasta que Tito, con su mano útil, entró al aula casi deslizándose, tomó una tiza y puso en la pizarra aquel letrero tan problemático: The Beatles.

Aún no sabía de problemas ideológicos, ni de música prohibida, ni siquiera sospeché que un día, escribir poemas de amor, me iban a desgraciar la vida para siempre.

LA CARTA

En un lejano lugar alguien escribe una carta y resulta que al colocar los datos equivoca nombre y dirección. Y, desde ese lejano lugar, la carta viene atravesando mares, cordilleras y en su camino recoge todos los azules, los verdes y los cantos de las ballenas, los reflejos de los bancos de sardinas y los suspiros de las Náyades. Todo va guardándose en la carta como si fuera un infinito disco duro. Un día, de esos en los que no esperas nada de nadie, llega el cartero y te dice:

—Firme aquí.

Te entrega el sobre y se marcha. Presuroso entras a la habitación, abres el sobre y con la carta equivocada saltan, como pájaros a tu entorno, todas las noticias que nunca esperaste saber. Otras de las tantas cosas que nos quitó el comunismo a los cubanos fue el placer de escribir, enviar y recibir cartas: Querida hermana. Pido a Dios y la Virgen Santísima que al recibo de ésta te encuentres bien, en unión de toda tu familia. Por acá todos bien. Mamacita tuvo un dolor de cabeza, pero… Así decían las cartas de mi tío Clemente, que todos se apresuraban a escuchar porque venían de Oriente. Después vino la Ley contra la vagancia, y al vago del pueblo fue colocado de cartero en cada municipio. Al regresar de la granja de castigo. El estrenado servidor público tomó el gusto de pasar cerca del arroyo para aminorar su carga. De allí al río, al mar y hasta el océano en toda su enormidad, donde cada carta escoge el camino que le indican las olas que aún hoy no saben leer cartas ni telegramas: Embarca urgente, fulano grave.

Nuestras últimas cartas se fueron por el mundo para contarles al que las quisiera leer que: Por acá todo bien. El vejigo no tiene zapatos para ir a la escuela y la muchacha ya va a parir el segundo muchacho y queremos que sea hembra. Siempre es mejor que sea hembra pa' que se la lleven.

Y como las cartas no las recibían, nadie las contestaba. Se fueron extinguiendo en la costumbre de quererse con las noticias, mientras nuestra prensa, en extensos tratados, explicaba la futura llegada de una época en que podríamos vivir sin cartas y sin que nadie se preocupara por saber de la vida de familiares y amigos. Una época sin cartas y sin saber de nadie ni de nada.

EL VIEJO AGUILERA

A mi entrañable tío Clemente Fonseca Silva

El viejo tenía la camisa medio abierta y a mí me pareció ver en aquel pecho un pedazo de patria. Una patria antigua, que se escuchaba desde algún punto del tiempo, presentarse como una triste canción. Uno se pregunta por qué tienen que pasar estas cosas que pasaron y pasan y nos dejan este permanente amargo en la vida. Pero la vida hay que arrastrarla hacia adelante, como los bueyes afincan las pezuñas en el surco que se abre con la esperanza de que le llegue el grano para ponerlo a parir el follaje de la vida.

Estaban lindas las hijas del viejo. Unas pichonas con el plumaje completo, listas para volar. A punto de estallar en los brazos de un hombre. Uno de esos guajiros capaz de cortar una palma, hacerla tablas y desde cuatro horcones levantar un hogar en el centro del mundo, su mundo. Ese mundo que era para aquella familia campesina su finquita llena de naranjas, guayabos y gorriones. Y eran fuertes, sanas y siempre sonrientes las hijas del viejo Aguilera, menos ese día, en que a nombre de la revolución llegamos con aquellos hipopótamos de acero con su cuchilla al frente y dinamitas, a destruirlo todo y todo quedó destruido como suelo lunar, para que luego la manigua y el abandono gubernamental lo cubrieran en toda su extensión. Teníamos que prepararnos para ingresar a la revolución mundial. Los cubanos debíamos renunciar a La fruta más bella / que nace en las Indias, cantada por nuestro Plácido; la piña quedaba prohibida, los mangos de tanta carne azucarada, la guayaba que deja la boca lista para besar y cuanta fruta llenó de asombro al científico alemán que llenó cuartillas, desde su

126

asombro, cuando recorrió el entorno habanero. Firmados los acuerdos con el Consejo de Ayuda Mutua Económica, nuestro paladar quedaría confinado a los jugos de manzana y las ciruelas en almíbar que nos llegaran de Bulgaria.

Fueron las hijas las que nos salvaron al viejo y a mí; en algún momento me palpé en la espalda, junto al cinto, para verificar si estaba allí el revólver cuarenta y cinco, con los seis plomos en la barriga. Se le abrazaron con todas sus fuerzas, pero sin llanto y le decían:

— ¡Déjelo, papá! ¡Déjelos, por Dios!

— ¡Deje que lo destruyan todo de una vez!

XIOMARA LA LOCA

Los ojos. Ahora sólo veo los ojos. Redondos, un tanto separados de la nariz y con el verde amarillo misterioso de los ojos de los gatos. Su pelambre con los tonos de una muchacha rubia europea, mostraba zonas en las que la mugre amelcochada aparecía dispersa entre las hebras cubiertas de piojos.

El cuartel, desde donde la Guardia Rural, hacía de las suyas en sus abusos con los campesinos, estaba desierto hacía algunos años. La armería, la cocina y todas las habitaciones habían quedado como baño público para todo el que necesitara, sobre la suciedad del piso, dejar sus excretas y orine.

El correteo de los muchachos del barrio y el eco de sus voces resonando entre los muros de alto puntal, me condujo al lugar del inesperado encuentro con aquellos ojos. Una organizada fila de diez o doce chamacos impacientes, esperaba su turno para hacerle el amor a Xiomara la loca. En su turno al bate, los pantalones a media asta, Papito se dejaba abrazar de aquella bola de andrajos, mientras se movía rítmicamente al compás de alguna música ancestral que, desde alguna dimensión, le llegaba sólo a sus oídos.

No pasé de la puerta. Cuando sus ojos y mis ojos se encontraron ella no parecía darse por enterada de lo que estaba pasando en aquel inmundo lugar donde la jauría adolescente le había hecho tal encerrona.

Hubiera querido, para aquel momento, ser un caballero medieval, demoler con un mazo todas aquellas cabezas y rescatarle. Pero, no me atreví. Dando la espalda me fui a toda carrera rumbo a la casa sin decir nada a nadie.

Más de cuarenta años después, de paseo por el parque, venía de frente toda una bola de inmundicia, algo encorvada por los años y la "mala vida" que da la calle a muchas personas.

No evadí el paso. Una fuerza invisible exaltó mi curiosidad y me sostuvo. Me pasó muy cerca y a unos pocos pasos la mirada del hombre feliz, por la grata compañía de mis hijos, se encontró con aquellos mismos ojos que, desde algún lugar del infinito, ésta vez más expresivos, me decían algo así como: —A éste yo le conozco. Y, quizá desde sus espacios, aquella mueca que se dibujó en su rostro fue algo más que un intento de sonrisa.

SIN NOMBRE

Seguramente afuera, el viento tejía las trenzas de la noche desde el murmullo de las grandes hojas de Teca. Afuera; supongo, el silencio a temer de todos los misterios, los fantasmas o los que aparecidos acechan a los caminantes. El arroyo, agazapado como una fiera extraña, al acecho de lo que pudiera ser cualquier sonido para romper la noche. Un coro de violines o una flauta que brotaran de tu garganta, hubiera sido suficiente energía para alertar al mundo de lo que estábamos a punto de hacer.

Supuestamente no debíamos. La sociedad. Las leyes no escritas sobre lo que se supone "lo correcto". El hombre, desde hace milenios intenta borrar de su psicología maltrecha, nuestro origen de mamíferos en hordas o manadas. Esa maravillosa costumbre en las que todas las hembras, desnudas; estaban a disposición de un macho que se impusiera o que, aplicando su habilidad seductora, las llevara a los placeres del tálamo mullido.

No podíamos, pero sin decir palabras le quité las ropas, o intenté hacerlo sin ninguna señal de resistencia, como no fuera el fuego de lava volcánica desprendiéndose desde detrás de las pupilas. Quiso ir al baño, cuando comprendió que toda resistencia sería inútil, porque yo quería y a esas alturas de la noche ella también quería. Lo que el arroyo arrastrándose detrás de las cabañas no había querido hacer, lo hizo el breve chorro de su orine estrellándose en el charquito transparente al fondo de la cerámica blanca, lo que se dejaba ver por la hendija luminosa de la puerta entreabierta del baño, era como una inmensa nube pirotécnica y el sonido de las aguas era de violines y de oboes entonando un pentagrama soñado alguna vez por Mozart.

La proximidad de poseerle me llevaba a niveles de fiebre. Jamás pensé que Dios me daría tal oportunidad. Si fue por bueno; bendije cada minuto de esta vida y de todas las vidas en las que he cumplido cabalmente las normas de lo correcto. El trabajo, la familia, los estudios, el saludo cordial y el buen comportamiento a cada minuto como si, desde mi nacimiento hubiera estado luchando por ganar ese premio de tenerle allí, al otro lado de la pared, sentada en la taza, después que; derrotada en su resistencia me dijo: "Espérate, déjame orinar". Y en ese momento el chorro de su orine, hecho música, hacía de todo mi cuerpo una marea de deseos para encimármele.

Salió vestida. Pero sin ninguna intención de resistirse. Estaba decidida y, lo demás sería tiempo y espacio. El río de la vida y el río de la muerte tejiéndose entre mis manos que sin ninguna habilidad hacían lo imposible por lograr a toda brevedad quitar todas las telas y despojar su piel de cualquier artificio. Era linda desnuda. Muchas veces más linda que todo lo que le suponía oculto detrás de las vestiduras morales de nuestra situación ante la sociedad. Y mucho más bonita que todo lo hermosa que solía verle en su simpática manera de vestir. Blancura en la parte desconocida de sus piernas. Terso el vientre. Divinos los punzantes senos que me retaban dispuestos a gastarse como un turrón de azúcar junto a mi lengua. Era tan bello mirarle desnuda que, por un momento, pensé que mil años serían muy poco tiempo para cubrirle toda su desnudez con mis ojos que se hacían inútiles para abarcarle como si, desnuda, fuera el horizonte de una playa en el Caribe a medio día. Su boca, aún hoy me deja sin palabras. La lengua, los dientes, la saliva, todo se tornaba nuevo a mi paladar. Ese día, le perdí la envidia que hasta ese momento le tuve a Odiseo, tan disputado él, por todas las diosas que Homero colocó en su camino, y que jamás tuvo la sensación de tenerle desnuda sobre la cama hecha fuegos y líquidos a punto de estallar desde todos los puntos cardinales.

En algún momento rescaté mi boca de su boca y desembarqué en las tetas como si aún ellas estuvieran batallando por romper el vestido para la fiesta de sus quince años. Luego, logré escapar y, a través de su vientre, llegaron mis labios al encuentro de sus labios mayores y menores. Allí la anatomía se había hecho milagro. Todo era divino y musical, olía a ella como si me hubiera estado esperando durante siglos para inaugurar esos efluvios. Por un momento no pensé en el tiempo. Necesitaba una eternidad para estar con ella y sólo teníamos una noche. Aquella única y milagrosa noche que se ha hecho eterna en mi alma y que nunca podríamos dibujar en las palabras.

Lo demás fue penetrarle, cuando tirando de mis cabellos, me obligó a volver a su boca y amordazarme con el lazo feliz de su lengua. Sus dedos, aferrados, dibujaban sublimes tatuajes en mi espalda. Entraba y salía de su cuerpo dispuesto a que la fibra de la temperatura lograra arrebatar cuanta nota musical hubiera en sus entrañas, en su alma candorosa que, en éste momento, se deshizo de toda la ternura para ser la hembra que todo hombre sueña con poseer al menos una vez en la vida. Era esa mi ocasión. La única oportunidad de poseer una diosa hirviendo en su sangre bajo mis músculos. Qué alegría si hubiera podido libertar todas las palabras que se agolpaban en la boca y se hacían un buche a punto de asfixiarme. Como me hubiera gustado decirle amor; decirle: que bueno sería caminar tomado de la mano por el pueblo; saludar a los vecinos, preguntar si por casualidad tiene usted unas hojitas de Cilantro o si ha llegado algo a la bodega. Pero no. Dos fugitivos; somos el pecado y la violación de las leyes y convenciones. Dos sombras en aquella habitación inútilmente tratando de devorar en una noche lo que está condenado a durar toda una vida. Rompió a llorar y yo también hubiera querido ponerme a llorar con ella, aquella migaja de noche que nos faltaba para el amanecer. — ¿Por qué lloras no me hagas sufrir? —Llevo años en mi segundo matrimonio, —Dijo— y jamás había sentido algo como esto. Me fui a su cara, donde las lágrimas habían acumulado peces, barcos, Sirenas y millones de granos de sal que se deshacían en mis labios. Le bese, la bese mil veces sin atreverme, como ahora, a pronunciar su nombre.

GUARDIA JURADO

Un hombre te puede marcar con dos palabras. Alto y de complexión atlética debió ser hermoso en su juventud. Seguramente muy elegante en su traje de Guardia Jurado como un tigre, cuidando la tranquilidad y el buen vivir de los empleados de oficina y técnicos de la Compañía azucarera Elia.

—Los mangos goteaban maduritos y se pudrían bajo las matas. Nadie se atrevía a tomar alguno. Ahora somos compañeros en la brigada de mantenimiento de Educación, pero hace muchos años que no me habla. Y, siempre que lo sorprendo me está mirando con odio. En aquellos tiempos yo no dejaba que nadie tomara un mango aunque se pudrieran. —pero ¿alguien te dio esa orden?, ¿los de la compañía te dijeron algo?, ¿Batista firmó ese decreto?

—No, jamás nadie dijo nada sobre eso. —Y entonces, ¿por qué tú lo hacías?

—No sé. Son cosas que pasan. El caso es que él: cuando eso un muchacho del Barrio de Las Yaguas, parece que por el hambre no se percató de que venía acercándome con el machete paraguayo en la mano. Ávido recogía las frutas, había mordido una y chupaba de ella mientras a toda prisa guardaba en todos los bolsillos y dentro de la camisa. En eso estaba cuando estuve a la distancia exacta para no fallar y le di un planazo a todo lo largo de la espalda que lo obligó a doblarse hacia atrás ahogando un grito. Con la misma se paró como pudo y salió corriendo hasta el sol de hoy. ¡La vida es del carajo! Cuando el triunfo de la revolución yo pensé que me iban a fusilar. A Pancho Sosa lo mataron siendo inocente; pero, yo había dado aquel planazo y estaba *cagao'*. Pero ante tanta sangre, éste nunca quiso denunciarme. Eso sí, jamás me dirige la palabra, y siempre que lo sorprendo me está mirando con odio.

LAGARTO

A mi madre

Desde la copa de los árboles, confundidos en el color de los troncos y siempre justo a las doce del día, bajan los lagartos a besar la tierra. No se les puede molestar en ese ritual pues, llenos de ira, se cuelgan de la oreja del intruso y no la sueltan aun a costa de su vida. Cuando mi madre, con aquella expresión de misterio, me contaba estas cosas, me pregunté siempre sobre qué fuerza tan tremenda llevaba a estos reptiles a cumplir esta ceremonia. Qué dioses tan poderosos los usaban como mensajeros para, como prueba de amor, besar la tierra, es decir, la patria, el sostén de la nación, el lugar por donde caminan los padres y los hijos, y los padres de los padres de los padres, y los hijos de los hijos de los hijos.

Y es que la tierra es una deuda en la memoria de dioses y mortales como para pasarnos la vida pagándola con besos; por nosotros y por todos los que en este minuto no están en la patria, para justo al medio día bajar donde la madre Tierra y besarla.

EL OLOR DEL CAFÉ

Si el olor del café colado hubiera tenido colores, toda la casa parecería, en aquel momento, la pirotecnia de un gran escenario, en esos conciertos donde alguna juventud, entrega su energía y disfruta de la vida. Lo gastado, por el uso prolongado, le daba a la bata de dormir una trasparencia que podría haber sido muy sexi, de no ser por la rutina de los años, que a éstas alturas hacían de la costumbre un encerrarse en la cotidianidad en la que ya no se reparaba en las voluptuosas nalgas que, a pesar de los partos y los años, mantenían gran parte de la firmeza, que muchos años atrás, la colocaban entre las carajitas a disputarse en cualquier parranda.

Colaba el café, escuchando bien bajito, su programa radial lleno de rancheras y de anuncios comerciales, en los que se prometían siempre obtener maravillas inimaginables a los mejores precios. Al sentir los pasos, que adivinó serían de su esposo, se dio vuelta con la humeante taza de café ya en la mano.

— ¿Y los muchachos?

—Ahí en su cuarto. Llegaron como a las tres.

— ¿Quién podrá ser a esta hora? Dijo tras escuchar el evidente sonido de la llegada de una moto de alta cilindrada, que se apagó justo al frente de la puerta, junto a la acera. Tocaron a la puerta. Por conocidos, la llegada de los dos nuevos rostros, no causaron ninguna inquietud. Con toda confianza entraron todos hasta la cocina donde hacían sus delicias los olores de la mañana mezclados al café, las personas, y el tranquilo ambiente del barrio que, en unos minutos, entraría en el bullicio del nuevo día.

De allí; los recién llegados, se dirigieron a la habitación donde estaban seguros de encontrar durmiendo a los dos hermanos de trece y quince años de edad. Pocos segundos después el escupir ahogado de las guacharacas hacían su concierto desde las manos de los sicarios, dejando caer como un enorme impacto sobre la casa, aquella jamás esperada sorpresa de la muerte.

La doble matanza de los hermanos que descansaban tras su noche de fechorías, engrosando las estadísticas en las abultadas cifras del horror y el crimen. Enormes en los números y extensas en los titulares de la prensa amarillista.

Perplejos. Sin atinar siquiera a decir una palabra, los vieron salir de la habitación, pistola en mano. A esas alturas de los hechos no habían tenido tiempo de comprender. Habían sido amigos desde chamos. Juntos; en sendas motos, que nadie preguntó, desde dónde habían llegado hasta el angosto parqueo junto a la casa, en las que salían cada noche a sus andanzas. Unidos, pasaban tiempo en las ferias, escuchando la rítmica combinación del arpa y las maracas. O se iban a la playa con bultos de dinero del que nunca preguntaron su origen ni destino. De repente sus voces pasaron a sonar como el rugido de alguna bestia cuaternaria cuando dijeron:

—No, no hay ninguna culebra entre nosotros. Son órdenes del jefe.

—Ellos sabían, —dijo el otro— ya saliendo a la calle, donde había quedado como una mansa bestia, aquella moto de alta cilindrada y terrible ronquido a esa hora de la mañana en que desperté exaltado.

AGUA SUCIA

*El que viaja puede encontrar una serpiente
en la mesa donde se reúnen
los maestros cantores;
el que no viaje puede encontrar
un maestro cantor en una serpiente.*

José Lezama Lima

Cuando vi llegar los camiones con tanques y a la tropa entera correr a llenar las cantimploras de aquel ron de mala muerte, no quise preguntar para no pecar de guajiro en un papelón. Al rato tocaron diana y corrí a formar. El tropa especial, el boina roja, el avispa negra, el policía, el guajiro frustrado en La Habana vana como las flores de Quinta Avenida. Graduado de técnico medio en algo para la industria, en un país sin industria, sin agricultura, sin esperanza y sin amaneceres, aferrados todos a la cintura de un central azucarero que terminó *canibaleado* hasta por las hormigas. Corrí a formar.

Nos quitamos la camisa y los arreos, nos entregaron una camiseta con el distintivo de obreros de la construcción, dos trozos de cabilla y subimos por pelotones a los carros.

—Ahora somos —dijo el teniente— "El pueblo uniformado". Disfrazado de pueblo. Cuando pusimos pie en tierra me dio el golpe del mar. El mar, no esta asquerosa bahía con un enorme barco petrolero anclado y con más personas arriba que un crucero de gira por el Mediterráneo. Ni el mar de esas playas de lujo donde los poderosos manosean a nuestras baratas mulatas que recitan los manuales de marxismo entre cervezas, felación y escenas de pornografía, que son el espectáculo favorito de lo que resulta la base principal de nuestra economía socialista —el azúcar, como se sabe, se fue a bolina— sino el mar sin agua potable, sin comida, sin transporte, con muchachas, sin cervezas, con alcohol barato, con mosquitos, con amigos dramáticamente despojados también, en fin, el mar azul, abierto, democrático, el mar. Mi mar.

—Firmes. Pelotón uno y dos, ¡adelante! —dijo el teniente con un timbre distinto al de los entrenamientos.

Niños de todas las edades y estaturas volaban por la borda hacia las sucias aguas de la bahía, donde los golosos escualos los esperaban con ímpetu de jauría. Muchos salidos de mis propias manos. Hombres y mujeres que hasta muy poco tiempo antes habían sido nuestros compatriotas, ahora rodaban por el piso con las cabezas sangrando y el estupor de aquellas películas vistas en el barrio, y que muchos días después no me dejaban dormir tranquilo. Poco a poco se fueron acabando los cuerpos a golpear. A punto estuvimos de golpearnos entre nosotros. Al regresar por la única carretera de acceso, vimos a los periodistas detenidos por otras unidades de apoyo. Cada uno de nosotros no quería mirar a nadie. El viaje a la unidad transcurrió en completo silencio. Al llegar habían puesto nuevos tanques con ron. Como recompensa nos dieron el resto del día libre.

LA CUADRO DE LA JUVENTUD

Para Deybi Camejo, con cariño

— ¡Muchacha, te pusiste de suerte!

— ¿De suerte, y eso por qué?

—Dice el jefe que con quien se va a empatar es contigo.

— ¿Cómo es eso?

—Si mi amiga. Así es la cosa en estas reuniones de la juventud comunista a nivel nacional. Durante el día trabajamos en las comisiones y preparamos el informe para la plenaria. Se leen por arribita las propuestas de las provincias y en el descanso, después de las comidas, los jefes escogen a cuál de nosotras se llevan de fiesta y a pasar la noche en las casas de visita que les prestan los del ministerio el interior, que también se llevan algunas. Y tú, guajira, que eres la más linda, dijo el jefe que se va contigo a pasar la primera noche. Qué suerte, mi amiga, qué suerte y qué culo tú tienes.

—Pero si yo...

—Nada mija, no seas boba. Aprovecha. Y de paso me quedo sola en el cubículo para meter a Robertico, el de educación en la provincia. Aquel con el que siempre tuvo ataques de tarro mi marido.

—Pero...

—Eso era sabido. Que cuando te vieran esos ojos chinos, ese cabello largo y esas nalgotas tuyas, todos iban a querer contigo. Hasta discutieron entre ellos, pero el jefe es el jefe. Tú sabes cómo son los ñangaras.

—Pero, es que yo no vine a eso. Yo dejé a mi niño con mi madre, pensando que esto era una cosa seria.

—Claro que es serio, pero por el día. Por la noche es otra cosa. Dicen que hasta los hijos de quien tú sabes, que no vienen por el día, mandan a buscar a algunas con sus escoltas.

—Pues yo no voy a ninguna parte.

—Pues mija. Más nunca te van a traer a una reunión nacional. Y cuidado y no te quiten el carné, y pierdas el trabajo, a ver qué va a comer tu hijito.

EL VIEJO DE LAS VIANDAS

Golosas, las moscas hacían un festín en las yagas que perlaban los brazos del viejo. Entre la carne del dedo y la uña se mostraba la profunda presencia del terrón acumulado durante cosechas. Desde lo alto del caballo embastado, y con sólo un trozo de soga desde el cuello al hocico, hasta la pequeña mano de nueve años, convertida en rústica y humilde brida; no perdía ningún detalle de su presencia y movimientos. Por la mansedumbre de aquel llamado Caballo de guardia, con toda la piel intacta en amarillo oro, sin brillo, no necesitaba muchos arreos para viajar los caminos. Y por su mansedumbre se quedaba impávido, sin el menor movimiento ante la presencia del viejo, que a pocos pasos al frente sostenía su afilado machete en la mano, y miraba expectante hacia todas partes.

El viejo tenía miedo, —en cualquier momento podía aparecer un miliciano—. Yo sólo lo miraba a él; también tenía miedo, pero tenía hambre. Sabía, además, el hambre que había dejado en la casa. En la que, a kilómetros, esperaban todos por los trozos de vegetales que debía, sin robarlos, llevar en mis alforjas. El viejo no podía vender el fruto de su trabajo, obtenido en la pequeña parcela que le había dejado la Ley de reforma agraria, de lo que habrían sido las tierras de su herencia por siglos. Venderme algunos trozos de alimentos podía llevarlo a la cárcel y, automáticamente perder todos sus derechos sobre la finquita.

Refiriéndose a la densa y extendida multitud de dioses en Grecia, nos dijo Hesíodo: "no es fácil que un mortal pueda decir los nombres de todos". Los traidores, en nuestro entorno, estaban en la misma magnitud; por cada dios griego, teníamos un enjambre de hijos de puta en nuestro entorno. Cualquiera, por cualquier motivo, podía declarar a su vecino "enemigo del pueblo", hacerlo meter preso y luego gozarle la esposa con mil artilugios. Era la nueva sociedad. Después tomaría otras modalidades. Un hombre cuya hembra llamara la atención de algún jefazo, era enviado a las guerras en África. Luego el "cuadro del partido" pasaba a "atenderle su familia", hasta en la cama. Si el viejo era sorprendido entregándome los vegetales o recibiendo mis monedas, sería acusado de enriquecimiento ilícito y de violar la ley de Acopio. En otros términos, era algo así como sufrir el desguace del cuerpo por un tren cargado de vigas de acero, a toda velocidad.

No le insistía. No le daba explicaciones ni mayores detalles. Él sabía cada riesgo y cada necesidad. El día estaba lleno de luz. Los pájaros hacían su fiesta entre las ramas movidas por la brisa. Aun el calor no hacía su pegajosa mezcla en las hendiduras de la camisa. Las moscas, con su falta de dientes, vomitaban sus ácidos en las yagas del viejo para luego chupar toda la podredumbre y llenar su panza sin límites. Borrachas de la hartura volaban hacia todas partes cuando el viejo movía alguno de sus brazos para espantar la bandada y su glotona ferocidad. El conuco estaba limpiecito. Aun así, el viejo insistía en eliminar cada posible brote de malas hierbas. Miraba al sol trepando por el desfiladero azul, con algunos pequeños brotes de cirros adornando el horizonte, al parecer calculando en momento oportuno para violar el enjambre de leyes que el socialismo había creado para hacer imposible la existencia de la especie humana.

Ni el viejo ni yo sabíamos nada de la cortina de hierro, Stalin y sus campos de concentración, los hornos alemanes, ni la terrible realidad que habían llegado a ser las Unidades de Apoyo a la Producción en nuestra provincia de Camagüey. Nuestro peligro, en aquella soledad, hasta ese momento, sólo podría venir de la presencia de algún miliciano o un vecino chivato, siempre con el ánimo de joder a los demás. Por fin, tras una última ojeada a todo el entorno, el viejo se abalanzo sobre unas matas de yuca, arrancó urgentemente sus raíces y las metió en mi saco. Tomó las monedas que le ofrecí y me dijo imperativo vete, vete y no digas a nadie que fui yo.

EL OFICIAL

—Él no mueve un dedo contra la corrupción.

Su voz de joven oficial de la contrainteligencia militar llegaba como desde el fondo de una cueva. Estaban lejos los días del alegre adolescente en el instituto de talentos, donde van los oficiales a engatusar a los muchachos para que ingresen a sus academias militares y paramilitares con la promesa de que, una vez graduados, tendrán una pistola, una moto, todas las mujeres del mundo, las esposas de los demás y la tripa llena.

Se había ofrecido a acompañarme en el oscuro trecho hasta mi casa. Pero, en realidad, su verdadera intención era desahogar sus preocupaciones con alguien. Y quién mejor que el amigo de su aferrado al comunismo, y tozudo, padre. La noche era bien oscura. No nos veíamos a pesar de la cercanía en la que, detenidos por un momento, hablábamos uno frente al otro. Yo no veía nada, pero adivinaba la amargura de aquel joven rostro y de la tristeza en aquellos ojos claros, testigos ahora de cómo todo aquello hermoso que soñamos iba deslizándose como lava por ladera hacia la podredumbre propia de las monarquías más recalcitrantes de la Historia.

—El hermano se encojona' y golpea a puñetazos el buró. Pero, nada puede hacer. Aunque formalmente es el segundo en todo, permanece muy amedrentado. Nosotros preparamos espesos informes, bien condimentados, con todos los hechos, las pruebas, fotos, grabaciones. Todo va a parar a sus manos una y otra vez pero él permanece inamovible. Incluso los lleva a sus fiestas particulares y a sus recorridos de pesca y cacerías.

La noche seguía densa y la voz del oficial surcaba los pliegues de la oscuridad hasta la medida distancia de mis oídos. Por esta vez, mi experiencia pedagógica se fue al carajo. ¿Qué podía decir? ¿Qué palabra se puede pronunciar ante la caída moral de lo que había sido un símbolo por más de medio siglo?

—Lo importante es salvar lo que se pueda de lo que se ha logrado para las mayorías. Le dije con la garganta seca; con la sensación de que le estaba mintiendo. Mi olfato me había dicho siempre que algo andaba mal en las alturas del gobierno cuando en la base, en la lejanía de los pequeños pueblos donde se asientan las grandes mayorías de los descamisados, la gula y el desparpajo moral estaban a la altura de los últimos días de Roma.

— ¿Usted se imagina profe? Nuestros jefes y esos perros de la droga colombianos emborrachándose en La Bodeguita del Medio, y nosotros y todo un operativo completo cuidándoles hasta que los trozos de carne y el congrí dormido les brotaran por todas partes hasta el piso. A veces, hasta doce horas en esa gracia. Llegar a la oficina a dormir un rato sobre el buró y taparse con la cortina porque ni a un simple apartamento uno puede aspirar.

Tragué en seco. Hasta ese momento no pensé que fuera tan tremendo el asunto. Hay ventajas; hay acciones que pueden compensar unas cosas con otras. Pero hay coyunturas que podrían incluso desatar, como en todos los grandes imperios, el derrumbe definitivo.

En el abrazo de despedida sentí su agitado corazón estremecer la escena. Él sabía que con aquella conversación estaba poniendo en mis manos su integridad física, y la posibilidad de un alto cargo en la maquinaria gubernamental; viajes al exterior, publicar mis libros con letras de oro en la tapa. Pero también sabía que estaba hablando con su viejo profesor del bachillerato y eso no admite ninguna duda en el andamio que sostiene la moral de un hombre.

QUINCE MINUTOS

Quince minutos explorando todas y cada una de las hendiduras en su cuerpo. Segundo a segundo va mi mano por toda la extensión de su geografía desbrozando los senderos que debe recorrer la lengua. Después, poco después una primera gran explosión ocurre en ella. Abre sus pierdas con descaro, mostrando la perfección máxima lograda por el más grande escultor al que hemos conocido cuando ideó su excelente diseño desde una simple costilla de varón. Están húmedos sus labios mayores y menores, allí toda protuberancia se exalta y late como el corazón de un corredor de fondo.

Abre las piernas, y con descaro, permite que su lengua rebase el límite de los labios en una muda invitación a que mi boca participe de la orgía que sus dedos han comenzado, al danzar cuando se toca.

Los senos parecen hincharse. Toda ella es una contorción cuando me conmina al combate corred; o corramos con la urgencia de un campamento en rebeldía tomado por la sorpresa del enemigo inminente. Viene sobre mí. Me enviste como el fiero miura que viene en pos de destrozar a un torero. La pone en su boca. La chupa. Habla con ella palabras que me enardecen. La recorre, busca sus hendiduras y el grueso resplandor de la sangre en las venas. Siento como la lleva hasta su garganta y en pleno desespero suplico algunos guarismos aritméticos. Sesenta y nueve digo. Sesenta y nueve... y al escuchar se alinea como un transbordador a punto de acoplarse rumbo al Sol.

Ahora somos dos almas en un solo cuerpo. Dos masas hurgando los misterios gastronómicos de los caníbales. Y por momentos siento que le he descubierto nuevo sabor a la ambrosía, a la miel de las abejas y a los mejores vinos de los antiguos navegantes, un sexto sabor llegándole a mi boca.

De rodillas, tomándomela como vibrador, se la frota, se masturba, gime. Sus tetas buscan mis manos ardorosas para un diálogo conjunto mientras entro y salgo de su tibio cuerpo como el perfecto ensamblaje para disponer la gloria de la vida. Se de sus orgasmos pero aguanto el mío. No quiero que se acabe la fiesta. Odiseo en su viaje de nunca acabar en el regreso. Penélope, tejiendo su mentira, y ella y yo aquí, dándonos mutuamente, como si hubieran anunciado que, en quince minutos, se nos acaba el mundo.

El relámpago del Catatumbo viene desde sus ojos que destellan como si en alguna ventana del infierno hubieran estallado los cristales. Toda luz, erguida sobre mi cuerpo se apresta a recorrer la distancia hacia mi boca. Ahora su clítoris y mi ombligo se besan. Desde mis laderas sus rodillas se arrastran como patas de elefante, pero sin dedos. Su vulva se estruja contra mis tetillas. Le siento arder. Unta su ungüento milagroso dejándome en la piel la huella de los caracoles. Esas huellas que alumbran en la oscuridad de la noche, como luciérnagas.

Desde un pequeño salto olímpico ha caído justo sobre mi boca y todas las dulzuras de los trópicos disfrutan de la orgía de mi lengua, golosa, que recorre todas y cada una de las hendiduras. ¡Qué belleza! Con cuanto detenimiento se detuvo el primer escultor a modelar esta primera puerta al paraíso. Más allá del quinto sabor aparece este nuevo; desconocido para el resto de los mortales. Un sabor que solo mi lengua identifica con su espectacular aroma, y que en mi jubilosa entrega no encuentro una palabra para definirle. Olor y sabor se combinan en un poderoso narcótico.

La dureza del clítoris, como reloj atómico marca los pocos segundos hacia una gran explosión. Ya viene. Ya viene. Sus gritos indican la proximidad de una meta donde cumplir los ocho segundos en cien metros planos. Ya viene. Ya viene. Ya vino.

Escapar; escapar de mis garras es tarea de vida o muerte. Suplica. Gime, llora, hunde criminal sus uñas y rasga la carne que desangra. Algo baja desde las alturas. Una nube de morbosidad me envuelve. A punto de la derrota voy en pos del combate. De cúbito supino voy encima. Piernas que se abren. Tetas ruborosas apuntando al cielo. Voy adentro. Penetro.

Saltan ríos. Pasan mares. Pasamos de una posición a otra como si estuviéramos recorriendo un camino hacia las minas del rey Salomón o al tesoro de los Hunos. Sudamos. Batallamos. Ya viene la recta final y ella lo sabe. Llegan mis contorciones y mis gritos. Los espasmos y esas ganas enormes de decirle, cada vez, que la quiero. Que no puedo vivir sin ella. Que es el único y verdadero amor de mi vida y que no me importa la nieve o los aguaceros. No me importa el smog ni la Amazonía, ni la bolsa de Nueva York o los carros japoneses. Quiero decirle que este amor, es un amor de antes de la guerra y que nunca estuvo entre los versos de Benedetti.

Piso tierra. Vuelvo a la realidad y va al baño. Regresa a medio vestir ofreciéndome mi billetera. Saco unos billetes que le entrego mientras sonríe y me dice que no; que no tiene tiempo para escuchar mi poema, porque en quince minutos, tiene otro cliente que atender.

LA PUTA

Y dice que le dijo: —No me faltes esta semana, que te quiero hablar. — ¿Y si no tengo dinero? —Vienes de cualquier manera. Tengo que hablarte de algo muy serio.

Y dice que: —Era la puta más linda del bayú del negro Camagüey y de todos por aquel contorno. —Comenzó a describirla, con los recuerdos del casi adolescente que, fugándose de su casa con mil pretextos, se había convertido en un ratón de prostíbulos; persiguiendo cuanta muchacha nueva llegaba al pueblo desde cualquier latitud. Todo el entorno de sus ojos era una extensión de arrugas y patas de gallina, pero hacia el centro de aquella enmarañada madeja de selva en años; como un espejo de agua, una laguna llena de peces, patos, güijes y alboroto de bijiritas, yo veía los ojos del muchacho que fue Guillermo, el hoy viejo turbinero del preuniversitario Anacaona.

Y dice que no se acordó más del asunto y que pasaron los días *fajao'* en la doma de una yunta nueva a la que, con mucha fuerza y juventud, les faltaban mañas para ir paso a paso con el arado hundido como si se juntaran vientre y vientre o su propio pecho el que aplastara los pechos duros de aquella puta que hoy no quiere nombrar porque está casada y con hijos que no son de él porque en el minuto decisivo le faltaron pantalones largos para asumir la vida; hasta sacar el terrón caliente cruzado por lombrices con el calor interno que sólo nuestra amada tierra nos puede ofrecer.

Y dice que llegó el domingo y desde temprano en la tarde comenzó a preparar condiciones. Su afeitado guillet "Para los futuros hombres de provecho". Su baño Palmolive "un rostro nunca se olvida". Su colonia lavanda y la guayabera lo dejaron a punto para salir como un resorte rumbo al pueblo. Desde el bar de Oscarito Los Zafiros le gritaban a "Ofelia, tu no comprendes que mi corazón". En el hotel de Armengol, comenzaba el movimiento, pero sin el bullicio que se armó cuando El Benny se apeó en su viaje al Central Francisco y se dedicó el resto del día a tomar Bacardí ¡Qué suerte tiene el cubano! Con Valía, Lelo, Natico hasta que la borrachera no le dejaba levantar la copa y puestos de acuerdo lo llevaron por la línea del ferrocarril hasta la improvisada tarima donde, desde muy temprano, la Banda Gigante impacientaba a los espectadores. Había silencio en la panadería de Justo Díaz, pero el olor al pan fresco horneado con leña le dio un abrazo de bienvenida. Parada obligatoria en La Parafusa, para beber un par de Hatuey, "la gran cerveza de Cuba". Prender su tabaco y seguir caminando en busca de la calle "del puentecito" hasta donde lo estaban esperando, sin tomar ningún cliente, porque él siempre quería ser el primero de la noche, cada domingo. Ser el primero era como encontrarla virgen cada semana. Que era apretadita y rica como ella sola; a pesar de que en una ocasión le confeso, como su gran secreto que ella nunca se había hecho el truco del alumbre y el alcanfor.

Desde que entré todos sabían hacia donde iría. Caminé por el pasillo hasta su cuarto en el que la puerta no tenía puesto el seguro. Sólo tuve que empujar suavemente y se abrió despacio, como sólo dos piernas de mujer saben abrirse a la ambición de los ojos en su hombre. Tenía puesta su bata de las grandes ocasiones. Con una transparencia en la que su cuerpo parecía ir viniendo desde la neblina. Su piel tenía los matices de la madera de la Baria, cuando está curada; lista para la carpintería. Todas sus líneas de punta a cabo parecían recién torneadas por Chalinda, nuestro carpintero estrella; pero su rostro no tenía la expresión de convite orgiástico, de nuestros grandes encuentros, no mostró sus dientes blanquísimos ni dejó escapar una de sus maravillosas cascadas de risa con la que solía bromear sobre cualquier cosa de mi indumentaria. Me extrañó verle tan seria y pensé que algo muy grave e importante estaba por ocurrir a esa hora, cuando la noche intentaba mostrar alguna estrella paseando sobre el Puente de La Cuba donde se dispersan todos los bramidos de las locomotoras que vienen de occidente.

—Tengo que hablarte de algo muy importante. —Dijo mirándome con una serenidad un poco extraña. —Dicen que el gobierno va a cerrar todos estos negocios. Prostíbulos, bares, salones de baile, todo. Ya están recogiendo las victrolas para desbaratarlas. De ahora en adelante todo el tiempo será para dedicarlo al trabajo. Nos van a llevar para La Habana; no sabemos a qué. Mira. —Dijo mientras levantaba el colchón que como un cofre de los cuentos árabes guardaba los sudores y gemidos de todos los que, alguna vez, habíamos estado en esos trotes sobre su forro de flores. Bajo el colchón, otro colchón de billetes lucía en todo su esplendor las caras de los héroes y los números que distinguían sus categorías. De cinco, de veinte, de cincuenta, de cien y cuanto Dios crió reposaban allí. —todo ese dinero es tuyo. Y dentro del colchón hay más. Cógelo y llévame contigo. Vámonos para cualquier lugar; compramos una casa y vivimos felices para siempre como en las novelas. Donde nadie nos conozca y sepan de mi pasado. ¡Vámonos mi amor¡ no dejes que nos separen.

— ¿Y te fuiste? Le pregunto sin perder de vista la expresión de sus ojos que parecían ir y venir como en una invisible máquina del tiempo que lo llevara desde su juventud hasta este momento sesenta años después.

—No. No me fui.

— ¿Y eso, por qué dejaste escapar esa hembra?

—Por pendejo. —Dijo mordiéndose los labios y, abandonando abruptamente la conversación, se fue caminando de prisa rumbo a la puerta desde donde podían escucharse los motores de la turbina en su rugido de media tarde.

SOLA DIEZ

Sola, es ese municipio en la extensa llanura de Camagüey, donde el gobierno había decidido, desde algunos años antes, construir edificaciones para llevar a los jóvenes a estudiar la secundaria y el preuniversitario en pleno campo. En aquellas llanuras que se fueron cubriendo de naranjas, toronjas y cuanto cítrico les pareció oportuno a los encargados de aprovechar aquel suelo rojizo y grasoso que se pega a la ropa y a la piel, como la costra en un caldero, para cumplir con nuestras obligaciones ante el Consejo de Ayuda Mutua Económica, en el que nosotros aportábamos azúcar, níquel y cítricos y recibíamos a cambio todo tipo de manufacturas, combustibles y paulatinamente, algunos libros del llamado campo socialista. Allí, semidesnudos, con mal sueldo y peor comida teníamos que trabajar de sol a sol con las más rudimentarias técnicas de construcción y albañilería, para que aquellos enormes elefantes de concreto prefabricado, un día alojaran a miles de seres que vendrían a entregar la energía de sus mejores años. El calabozo de nuestra unidad Sola Diez, campamento El Cafetal, era una bicoca. Hasta servía de descanso pasar unos días en él. Sobre todo cuando iban de castigo, porque el mismísimo capitán Rafael López Sarduy, vivo aún por la mala puntería de los casquitos de Batista, que lo dejaron herido en la emboscada de Pino Tres, se presentaba ante el pasillo de la escuela vecina donde Nana, la profesora de Geografía del Destacamento Pedagógico, me mostraba su libreta con poemas rescatados de los recuerdos de aquellos que los admiraban y tenían los versos del poeta, como todos los poetas, prohibido, pero que la gente se resistía a olvidar y se mantenían en la memoria popular como los aedas griegos, diciéndolos unos a otros de generación en generación, yo la ame y era de otro que también... llegó el capitán y me dijo: —Estamos en alarma de combate. Y siendo mentira, claro. Al llegar a la unidad te estaban esperándonos con la puerta del calabozo abierta; de castigo una semana. —Por salir de la unidad sin permiso. —Dijo el sargento. Y sin poder pedir permiso porque estaba prohibido salir de la unidad y caminar los diez metros que nos separaban de la escuela donde Nana, me regalaba los poemas de Buesa y los besos de su boca, cuando se podía evadir la vigilancia del capitán, por el Ejercito Juvenil del Trabajo y del secretario del partido y el director de guardia, por el Ministerio de Educación, toda la fuerzas tácticas de la revolución, articuladas convenientemente para impedir los versos y los besos, en los que hasta ese momento éramos la arcilla fundamental, el hombre nuevo. Sin versos y sin besos. Por la ventana del estrecho y maloliente calabozo, sacábamos la mano en señal de presencia y nuestras novias, desde el pasillo de la escuela, nos movían sus pañoletas de solidaridad y nos mandaban con otros guardias: dulces, libros y cigarros; para aliviar hasta que pasara la tormenta en los caprichos del capitán. En aquel ambiente eran buenos todos los libros que llegaban a las manos por aquellos días. Los dos tomos de La tribu de los gitanos, vividos intensamente, junto al hambre y la vana conversación de los que apiñados en aquel laberinto de cemento y metal. Los palitos de dios o algo así un libro escrito por un africano, cuya gente siempre vive peor que los demás. Siempre me hacía preguntas sobre el destino manifiesto de los pueblos africanos, colmados de recursos naturales y en situación de tanta desventaja, la respuesta no está en ninguno de los estudios que se pueda encontrar, ni en ningún libro o informe de la ONU o de la FAO. La cruel y verdadera respuesta me la dio Patrice Mayembo, un joven congolés que encontré muchos años después estudiando medicina en Las Tunas. Cuando le mostré la famosa fotografía por la que le dieron el

Pulitzer a Kevin Carter, en el 94, mirándola tranquilamente me dijo: ellos mueren así, pero el presidente y los ministros pasan hasta cinco meses de vacaciones en los mejores hoteles de Europa, especialmente en sus antiguas metrópolis. El calabozo de castigo en la unidad podía resultar hasta divertido, allí todos nos conocíamos y existía una solidaridad tremenda. Entre los reclutas siempre nos apoyamos con libros, cigarros y algún que otro mendrugo que alguien se robaba en el almacén y nos lo compartía. Pero el regimiento era toda una leyenda de terror, allí los carceleros borrachos podían disparar hacia el interior gritando salvajemente y por pura diversión ¡sálvese quien pueda!, o los trasladaban a media noche para los lugares menos pensado. Y al tener que convivir con guardias castigados de todas las unidades, comenzaba una batalla por la supervivencia, donde el más fuerte se podía apropiar de todas las bandejas de comida; ante los ojos cómplices de los custodios y condicionar tus alimentos a los más abyectos procederes. Todo era posible en aquel lugar inmundo, al que entré dejando a mis espaldas el chirrido de las puertas metálicas, sin mantenimiento durante toda su existencia y me fui incorporando poco a poco a la oscuridad, y la asfixiante atmósfera de aquel antro, en el que nuestro gobierno sometía a su "arcilla" a su "prospecto de hombre nuevo", para que nunca más se arriesgue, desde un alero en la cuarta planta, a subir un poco de cemento, para cumplir la tarea de levantar una pared, en lo que tendría que ser la "nueva escuela", cantada por Vanvan y tarareada por todo el país cuando se estrenó una telenovela con ese tema, en el que se mostraban a las felices nuevas generaciones, creciendo en medio del campo y sus fragores.

El primer rostro conocido fue el de Curtis, un muchacho de mi barrio, al que no había visto en años. — ¡Caballeroooo!... Dijo, dirigiéndose a todos, —éste es de mi barrio y está aquí conmigo.

Aún no comprendía aquellas palabras en todo su significado, después tuve tiempo de comprobar todos los dolores de cabeza que me evitaron aquellas letras hechas sonido, entre la fetidez de aquellos muros. Apenas lo saludé y adaptando aún los ojos a la oscuridad y el ambiente hostil de aquel encierro, le pregunté: —¿Y esa mancha en la pared? —Unos que mataron el otro día, —me dijo en un susurro— a el carcelero, borracho y obstinado, le dio por disparar hacia dentro de las celdas y los disparos de fusil alcanzaron a dos. La muerte fue inmediata.

Al rato me llamaron por mi nombre. Alguien me dijo al oído: —No te preocupes lo que quieren es intimidarte para bajar tu moral, no te dejes provocar y obedece.

Esa cara yo la había visto en los libros de historia y decían que eran los casquitos de Batista y que a todos los abusadores los habían fusilado y otros escaparon a todo correr cuando el triunfo de los de la Sierra. Sin embargo, veía aquella cara de casquito que no estaba en el extranjero ni en el infierno, sino allí, justo delante con sus herramientas listo para torturarme y apreté los puños. Comenzó a rasurarme desde la misma frente con aquella máquina que más que cortar, masticaba mi cabello por bocados y entre tirones y malas palabras, aquel modelo renovado guardia rural me dejó todo el cráneo como bola de billar, ese juego prohibido del que los mayores toman retazos de memoria para sus refranes. Después con un puntapié en el culo me lanzaron de nuevo hacia la celda.

SWINGERS

Estoy que no la miro. Llevo unos cuantos días indignado con ella. A mí, en lo particular, no me atrae demasiado el futbol. No lo sigo. No me interesa un equipo ni el otro. Ni la liga europea, ni la Copa América; ni mineros con Alarcón picheando o Industriales con Marquetti al bate en el noveno. Esos deportes de multitudes no significan mucho para mí. Es por eso que me molestó mucho más su actitud. Ella es el amor de mi vida. Todos los arroyos fluyendo desde una misma cascada sobre mí, es ella cuando penetrada, la veo cabalgar allá en la altura justo en la mitad de mi cuerpo. Ella es el Sol y la Luna, alineados para que se enricen los océanos y las mareas vuelvan a ser esa lengua gigante que gasta las costas de los atardeceres.

Ahora no recuerdo cuál de los dos fue el primero en la propuesta. Creo recordar que fue su amiga quién se lo propuso. Aquella que al presentarnos detuvo mi mano entre las suyas y me miró directo a los ojos como si yo fuera algún personaje de Rayuela o una presa en la mira de su fusil en las sabanas africanas. Tiempo después lo hicimos y fue emocionante. Un intercambio de parejas en el que todos ganamos un poco; entre el morbo y nos nuevos sabores de la carne en el sexo por el sexo y el goce de la belleza. Y no pasó de ahí.

Pusimos nuestros seudónimos con fotos medianamente trucadas, en una de esas páginas, y desde entonces no han faltado las ofertas y los encuentros para el divino placer de las cascadas despeñándose desde las montañas. Nunca hubo cambios en ella. Y creo poder asegurar que tampoco ocurrieron cambios en mí. Porque además de nuestro incomparable y magnífico equilibrio en lo sexual, mantenernos como el mayor tesoro a nuestro amor. El mágico ritmo del sexo con amor de los casados. Y la vida bella de una pareja estable y amorosa. Hasta ese día nunca me dio ningún disgusto.

Si te cuento como ocurrieron los hechos es porque necesito liberar tensiones pero sé, y así me consta, que aunque te lo cuente una y mil veces con los más mínimos detalles, no lo vas a creer. Descalza, era su seudónimo en la página, y por lo que pude ver en su manipulada foto; me gustó. Especialmente por su piel blanca. Y es que la hembra europeoide, o sea raza blanca sin mestizaje, tiene un sabor unido al más espectacular de los olores. Por algo Dios, no comenzó la construcción del mundo por Europa, aunque ellos así lo creen. Cuando llegó a los europeos ya nuestro primer escultor "Señor Frankenstein", fabricador de humanos, era un experimentado científico.

El caso es que me contactó, y me puso como condición ver mis fotos desnudo, en todas las exposiciones posibles; como para evaluar el material. A mí, como eso de que me vean no me va ni me viene, se las envié de todos los colores posibles e inmediatamente, me solicitó el número de teléfono y me llamó.

—Siempre supe que eras tú. Aunque trucada esa foto tuya mantiene el fondo y es el lugar en que presentaste tu novela "Las caras del miedo", en Miami. Yo estaba allí de incognito, aquí tengo mi ejemplar firmado y lo adoro. Desde ese día hablamos a cada momento. Había leído todos mis libros; estaba feliz de encontrarme, dijo con voz de adolescente, muchas de mis canciones las han inspirado tus poemas y palabras tuyas le dan la vuelta al mundo en el soporte de mi voz.

Siempre quiso conocerme de cerca. Bien de cerca. Lo decía estrenando en la voz un tono de entre vampiresa de los años dorados del cine y colegiala al final del bachillerato hoy por hoy. Las flores. El canto de los pájaros. La enorme extensión de los cafetales. Los altos parlantes sonando hasta bien entrada la madrugada en los bares de la costa. Todo lo degustaba al recordar su adolescencia, cuando hablábamos por teléfono durante horas. Hasta que, por fin, un día concertamos un encuentro en el que ella vendría con su esposo y yo con el amor de mi vida; heredera universal de mis bienes según nuestro acuerdo pre nupcial.

Cuando le dije a mi muñeca preciosa que tendríamos un fin de semana de fiesta y diversión con su respectivo intercambio de parejas. Se limitó a asentir con su sonrisa de mariposa revoloteando sobre los rosales de la expectativa. Preguntó si les conocía personalmente y dije que no, como efectivamente era; es que a ella no le gusta repetir experiencias. No se involucra, dice.

Llegó el día y estuve a punto del desmayo. Habíamos concertado un elegante lugar y en el momento oportuno se apareció con una elegante bata transparente y sin nada más, bajo la influencia de las luces de las discretas lámparas y la luz propia que estallaba bajo su piel.

Por las circunstancias personales de cada uno, debíamos llegar al lugar de la cita desde distintos lugares de la ciudad. Situación que ella aprovechó para, secretamente, convenir en que llegáramos algunos minutos antes, para que habláramos de mi último libro y le contara —yo le había mencionado— sobre ese cuento que estaba escribiendo sobre las parejas swingers. Al rato, sonriente, pero con toda la mesura en sus movimientos; llegó su esposo, para el que ella, inmediatamente, ordenó lo que a todas luces, sabría de su agrado para la ocasión. La conversación siguió fluyendo por algunos minutos hasta que de pronto se abrió una grieta en la densa atmósfera de la sorpresa y apareció mi amor haciendo una entrada de película. Él sonrió complacido, y yo también.

Para estos encuentros ella sabía calcular cada milímetro. Justo el maquillaje. Buen gusto desde el ropero. Horas de peluquería. Y esa manera de caminar hacia el encuentro, que sólo las reinas dominan para opacar cualquier especialidad en pasarela. De pronto su expresión se rompió en mil pedazos y buscó mis ojos exigiendo una explicación.

— ¿Cómo has podido? Dijo, haciéndome sentir como el responsable de un repugnante delito.

— ¿Cómo pudiste pensar que me acostaría con éste *culerdo* del farsa, por Dios? ¡Yo soy madrilista, carajo! Llévame a casa.

ESA MANCHA EN LA PARED

Tu novia se casó con otro. Aquella integridad de himen que aguardaba tu regreso a casa después de tres años, treinta y seis meses, mil noventa y cinco días, veintiséis mil doscientos ochenta horas, minutos, y así hasta los segundos como era moda contar el tiempo entre los reclutas del Ejército Juvenil del Trabajo; la hicieron trizas otros impulsos que no tienen nada que ver con el vibrar tenso de tu piel de santo joven. Tu novia se casó con otro y tus hijos no lograron ser tus hijos, para llevarte el desayuno junto al surco las mañanas de mayo cuando comienza el brote de las malas hierbas, en la tierrita del viejo. Del viejo no, de la familia reunida alrededor de la yunta, mientras le das de beber junto al pozo que abrieron tus manos, junto a los hermanos obedientes que sacaban a la superficie los trozos de piedra y agua sucia. Mientras en el radio, colgando de la mata de piñón florecido, picado por las abejas que llegan del cercano colmenar, a su tarea de preñar las flores y llenarte la garganta de placer, los corridos de Negrete iban marcando aquellos momentos de la noche anterior en el guateque, donde la muchacha te dijo que cinco, eran muchos días fugado de la unidad, y de todas formas, era tuya de a viaje y para lo que sea. Que no en balde, desde los tiempos de la escuela, donde algunas veces apareció el maestro, se te metió en los ojos la blusa humilde con el blanco impecable de un saco de harina bien lavado.

Tu madre no deja que se te mencione. Atesora cada uno de tus gestos, sobre todo el del brazo a la inversa quitando el sudor de la frente. Las palabras: vieja, viejuca, vieja linda, con las que solías suavizar su terquedad y hacer por fin tu voluntad de hijo mayor.

Pero la vida siempre tiene que continuar y, aunque la muchacha esperó más del tiempo que se considera prudencial, suplicando en vano una justicia que no llegó nunca, un día decidió meterse de una vez en el bohío ajeno, donde ha parido hijos que debieron ser tuyos, pero no lo son. Aquél carcelero en el batallón de Sola, con su fusil cargado desde la parte de afuera del calabozo, no te dejó la más mínima oportunidad para pensar en los hijos por tener, sólo tuviste un mísero segundo para abrazar a tu compañero de muerte, cayendo contra la pared, donde ahora sólo eres esa mancha de sangre que acaricio, mientras tu novia sale al patio a llamar para el almuerzo, a los hijos que no te dejaron tener.

El éxtasis universal de las cosas
no se manifiesta en ningún ruido;
las mismas aguas están dormidas.
Muy al contrario de las Fiestas humanas,
es ésta una orgía silenciosa.

Charles Baudelaire

OTROS TITULOS DEL AUTOR

- Las caras del miedo: Novela.
- Pa' Cuba ni muerto: Testimonio.
- Bailarina con sombrilla: Cuento.
- El Cacique Turquino: Cuento.
- Gabriela en el espejo: Cuento.
- Memorias de una vieja bota: Cuento.
- La Gallina golondrina: Cuento.
- Gabriela: Poesía.
- Cuando aparecen los elefantes: Poesía.
- La estrella de mar medioquemada: Poesía.
- Calendario de la espuma: Poesía.
- Un país para mi lengua: Poesía.
- Amargo país: Poesía.
- Solo en medio del mundo: Poesía.
- Malas palabras: Poesía.
- Donde termina la mirada: Poesía.
- Piano afinado: Poesía.
- Pequeño formato: Poesía.
- Cantos rodados: Poesía.
- Miami: Poesía.
- Es la hora de los hornos: Poesía.
- Añejo Bacardí: Poesía.

Editorial Primigenios

www.ingramcontent.com/pod-product-compliance
Lightning Source LLC
Chambersburg PA
CBHW021203130726
47988CB00002B/491